YO, ZOMBI

Juan Luis Monedero Rodrigo

Contenido

ZOMBI

Me desperté y ya nada era como antes.

No sé si me entienden. Si es que hay alguien que pueda imaginar siquiera que existió un pasado diferente. Al menos, si alguna persona está leyendo estas páginas a las que puedo atreverme a denominar notas pero no el diario o autobiografía que, quizá, me había planteado escribir, significa que, cuando menos, existe un futuro en el que habitan seres inteligentes, no sé si personas o cualquier otra clase de organismos pensantes, quizá sensibles. Puede tratarse de un futuro casi inmediato, aunque lo dudo. Más bien imagino un porvenir remoto al que han llegado estas líneas que alguien, no sé si movido por curiosidad, afán investigador o espíritu científico, se ha dignado leer, tal vez analizar. Y puedo imaginar un lector confuso, que difícilmente comprende lo que lee ni mucho menos es capaz de entender la situación que trataré de describir. Aunque también me gusta creer, o más bien soñar, que estas notas son lectura obligada para las personas del futuro cuya existencia se podría deber, quizá, a la mía y el estudio y utilización de mi, digamos, «peculiaridad».

Pero, antes que nada, lo apropiado es que me presente. Me llamo Aníbal, Aníbal Lestrade. Si me leyera gente de mi tiempo, o mejor un poco anterior, es muy probable que, al encontrarse con mi apellido, se burlara de mí recordando al torpe policía descrito por Conan Doyle para su archiconocido, al menos en mi época, Sherlock Holmes. Quizá mi desconocido lector futuro, o casi coetáneo mío, quién sabe, no ha oído hablar del escritor, de su creación, ni mucho menos de su incapaz secundario, por más que ahora, incluso después de lo sucedido, a mí me pueda parecer casi inconcebible. Cabe recordar que, junto con Gregson, mi querido Lestrade es descrito como el menos torpe de los «profesionales» de Scotland Yard.

Pero me estoy yendo por las ramas y no es mi intención, ni conviene al objetivo principal de estas notas, que es expositivo y testimonial antes que imaginativo o divagante. El caso es que, aparte de apellidarme Lestrade, yo era un tipo bastante normal antes de que se produjera la hecatombe que nos sobrevino. No diré que fuera un individuo vulgar. Todo el mundo, siempre, en toda época, suele tener un prurito de amor propio y el mío, junto con cierta dosis de inmodestia, me hace pensar que yo era, en cierto sentido, destacado entre mis semejantes: inteligente, astuto, con un buen puesto de trabajo, un sueldo acorde con mis ambiciones y un futuro que se intuía brillante.

El caso es que todo aquello dejó de repente de ser relevante, para mí o para nadie. Tan deseable porvenir dejó de parecer luminoso cuando sucedió la catástrofe.

Inconcebible para cualquier persona anterior a su llegada. Imposible de olvidar para todos los que la padecimos y supongo que también para los eventuales sucesores, si es que llegan a existir, de esta generación maldita. Aunque uno no puede fiarse en absoluto de la memoria humana. Más falible aún para sentimientos e impresiones que para los hechos. ¿Acaso no ha vivido la humanidad durante buena parte de su existencia sometida al yugo de terribles plagas que una y otra vez se cernían, en ocasiones como espada de Damocles y otras veces como ángel exterminador sobre poblaciones y naciones enteras? Yo mismo, aun habiendo leído sobre la terrible pestilencia que diezmó medio mundo mediado el siglo XIV, o sobre la terrible gripe Española que aniquiló a muchos tras sobrevivir a una terrible guerra mundial, veía esas plagas como cosa de otro tiempo, tan remotas como improbables en el mío, una época de medicina perfectamente organizada y suponía yo que eficaz. Puedes sentir pena por quienes te precedieron, con carácter retroactivo y cierto alejamiento, pero no te identificas con ellos ni con sus problemas. Quizá te suceda igual a ti, desconocido lector, si acaso la catástrofe de la que ahora te hablo como testigo y víctima ha pasado y solo queda un vago recuerdo de los horrores que trajo.

La información, como suele suceder en estos casos, ni circuló entonces con fluidez ni era en absoluto fiable. No, cuando menos, la que yo recibí. De modo que, cuando pretendo reconstruir los hechos, me refiero a lo que yo conocí y entendí como verdadero, aunque es posible que la realidad fuera muy distinta del relato que yo voy a presentar.

Dijeron que fue una epidemia, un virus. En verdad se dijeron muchas cosas, y no todas las versiones eran coincidentes o tan siquiera meramente compatibles entre sí. Algunos hablaron de armas biológicas. También, los más ingenuos, sugirieron que algún error natural, enterrado desde tiempos remotos, había aflorado finalmente a la luz. Otros culparon a conspiraciones terroristas. Incluso hubo quien responsabilizó de todo ello a ciertas empresas de biotecnología deseosas de incrementar sus ya inmensos beneficios. Si me refiero a «varias» no es porque nadie supusiera que un grupo de ellas actuó de común acuerdo para desatar la catástrofe, sino porque cada historia contada incluía como responsable a una corporación distinta. Llegué a escuchar, de boca de varios alucinados de los que siempre hay, que aquella hecatombe no era sino el Apocalipsis desatado por el dios justiciero y vengador en el que afirmaban creer. Yo, personalmente, me creo más bien la primera versión, con algún militar imbécil, ayudado por científicos chiflados, que quizá convirtieron un virus recién descubierto, ya bastante malo de por sí, en el horror incontrolable que luego todos vivimos y a muchos nos mató o casi. Total, por alucinante que sea la versión de cada uno, ya nadie será capaz, me temo, de reconstruir el origen de la pestilencia y puede que tampoco importe demasiado. Las consecuencias, esas sí que nos acompañan y seguirán haciéndolo, me temo, durante muchos años. Ojalá que vosotros, mis supuestos lectores futuros, viváis ya libres de la plaga y sus secuelas.

En fin, vuelvo a divagar y no es práctico si quiero llegar al meollo de la cuestión.

«El virus zombi», así lo llamaron. De cierto no sé si se comprobó que fuera en verdad un virus, o cualquier clase de microbio patógeno. Supongo que sí. Aunque me extraña que nadie fuera capaz de desarrollar una vacuna o alguna medicación antiviral efectiva contra la plaga antes de que alcanzase las dimensiones de pandemia y provocase las colosales consecuencias que acabaron con lo que todos considerábamos nuestras vidas normales. Los malpensados afirmaban, quién sabe si con razón, que los gobiernos, el ejército o las corporaciones, los responsables del asunto en cualquier caso, sí que poseían un antídoto, una fórmula secreta, para protegerse en caso de que les alcanzase. Visto el caos en que ha quedado sumido el mundo, el que yo conozco al menos, cuesta creer que alguien tuviera una mínima previsión al respecto. Si alguien soltó esta monstruosidad, se le fue de las manos desde el principio. Y se trataba de alguien tan loco como inconsciente. O un genocida declarado.

Al principio las noticias al respecto eran vagas. No sé si se le quitaba hierro al asunto o en verdad las autoridades pensaban que se trataba de una cuestión de poca monta y así se encargaban de que lo transmitieran los medios. A mí, desde luego, me engañaron al respecto. Hasta que todo estalló y la información, falsa o fidedigna, dejó de ser necesaria ni importante. Cada cual pudo ver con sus propios ojos, aun cuando solo fuera durante un instante y mientras encaraba su propia muerte, o algo semejante, cuál era la verdadera gravedad del fenómeno.

Se hablaba de brotes epidémicos, de locura transitoria de los afectados, de cierta demencia contagiosa de la que había que estar prevenidos. Pero nunca se decía que los afectados perdían algo más que el sentido y se dedicaban a perseguir como posesos a los sanos para alimentarse de ellos y transmitirles su espantoso mal.

Cuando todos estuvimos al tanto de la gravedad de la situación ya era, por supuesto, demasiado tarde para reaccionar. Y me temo que, incluso a los gobernantes, la situación se les había escapado por completo de las manos. O quizá ya estaba más allá de su control desde el primer instante en el que se manifestó la plaga. Si era obra suya o de sus amigos, aliados o los potentados que les daban de comer, tratar de ocultarla a la ciudadanía no ayudó a tomar medidas adecuadas frente a ella. Quizá las mentiras eran tan solo piadosas y sabían de antemano la terrible situación que se desencadenaba ante sus ojos y la imposibilidad de frenar la vorágine de la pestilencia. Yo creo más bien que fueron torpes desde un inicio, que el afán de ocultar las pruebas y transmitir información tan parcial y falsa como supuestamente tranquilizadora fue un error de bulto que tan solo sirvió para que los contagios corrieran como la pólvora aun antes de que el terror irracional se instalara en los corazones de todos los que aún no habíamos caído ante la plaga. El armagedón, el fin del mundo al que luego algunos se referían, se estaba cocinando por momentos ante nuestras narices y todavía no éramos capaces de olfatearlo.

Admito que yo fui el primero en ignorar la que se me venía encima. Un imbécil ingenuo y desinformado más. Mi vida aún pudo parecer normal, encarrilada, durante un par de jornadas después de anunciarse la supuesta epidemia. Yo pensé… No sé que pensé. Quizá nada al respecto. Una nueva enfermedad. Cierto temor a contraerla y, al mismo tiempo, la convicción de que aquel extraño mal lo era en los dos sentidos: poco frecuente al tiempo que un completo desconocido cargado de vagas consecuencias y no menos indeterminada sintomatología. Debo confesar que ni tan siquiera me molesté en seguir las noticias, ya fuera en el televisor o por escrito. Sospecho que, por el comportamiento de quienes me rodeaban, o yo no era el único en mantener tan despreocupada postura o las informaciones que se transmitían seguían siendo tan irreales como tranquilizadoras. Claro que, con información o sin ella, la terrible realidad —¿o se trató y aún se trata de irrealidad, por su carácter increíble, más propio de alucinación o película de serie B que del mundo que acostumbraba considerar real?— me estalló en pleno rostro y por poco no se lo lleva por delante ya en aquella temprana ocasión.

Me encontraba en la calle. Creo que volvía de comer, aunque fue tal el impacto que ya no puedo asegurar si iba o regresaba. Después del terrible encuentro, mi brusco despertar al nuevo escenario y epifanía de terror, habría sido incapaz de probar un bocado aunque llevara todo el día sin comer. Caminaba, eso es seguro, por una avenida comercial, mientras me dirigía a la oficina, dispuesto a seguir con mi trabajo rutinario y aburrido que luego he aprendido a añorar más que nada: una vida monótona y sin sobresaltos es lo más parecido a la felicidad que ahora puedo imaginar. Caminaba, digo, y escuché un par de gritos femeninos. Juraría que los emitió la misma mujer, una joven ejecutiva hermosa y acicalada, que dejó de serlo en unos instantes.

Yo me volví. Y entonces me asusté aún más que con el sonido. Varias personas corrían atropelladamente. La calle estaba casi vacía, lo cual supongo que fue una verdadera suerte pues, de otro modo, sumarse a la carrera y buscar refugio sin tropezar ni atropellarse habría resultado casi imposible. Esto lo pienso ahora. En ese preciso instante habría sido incapaz de elaborar un mínimo pensamiento articulado, como apenas me fue posible reaccionar. Porque vi a aquella cosa. Fue la primera vez en que contemplé, con tanta incredulidad como horror, a uno de aquellos seres a cuya presencia me vi luego obligado a habituarme. Por un instante me quedé paralizado. Todos los sonidos desaparecieron. Quizá la mujer gritó más veces. No lo recuerdo ni lo oí. Pero sí alcanzó mis oídos y mi mente el último grito de aquella desgraciada. La criatura, que de lejos parecía torpe y desmañada, saltó ágilmente sobre la mujer, la mordió el cuello y desgarró su pecho hasta casi la cintura. Yo en mi vida había visto fluir tanta sangre. Tampoco había contemplado un ser tan espantoso como el autor de la carnicería, ni pensaba que tal engendro pudiera existir. La mujer cayó al suelo, completamente desmadejada, ya en silencio. Creo que no vi su rostro, aunque a mi imaginación acude, desde entonces, la visión de un gesto desencajado, unos ojos pugnando por salirse de sus órbitas y una mandíbula apretada por última vez. Pensé que estaba muerta. Cualquiera lo habría supuesto. Pero, incapaz aún de echar a correr mientras aquel monstruo se relamía y masticaba porciones de la mujer, me pareció que el cadáver se movía, presa de extraños temblores que quise asociar a los estertores de la muerte. Imagino que, muerta o no, sufriría el destino de tantos otros y más tarde se alzaría sobre sus piernas y arrastraría su penosa existencia convertida en otra de aquellas criaturas de pesadilla. Poco podía imaginar entonces que yo también iba a pasar en breve por un trance semejante. Lo temía sí, me espantaba la idea. Pero aún me aferraba a la esperanza de que aquel horror pudiera ser controlado y tocase a su fin, como una pesadilla ante la luz del amanecer. Pero, para ello, debía huir. No sé cómo lo logré. Mi cuerpo, rígido un instante antes, obedeció por fin a mi mente confundida y eché a correr hacia la cafetería, en cuyo interior me refugié justo antes de que un camarero cerrase la puerta.

¿Cómo describir aquella espantosa criatura a alguien que nunca la ha visto? No sé. Creo que tampoco podría describirla con un mínimo de coherencia y sentido a alguien que hubiera pasado por idéntica experiencia. Más que expresarme con palabras, aun hoy me asaltan los mismos deseos de llorar que sentí aquella primera vez. Ni se me pasó por la imaginación que yo sería uno de aquellos seres y sobreviviría —si es que a lo que soy ahora se le puede llamar estar vivo— para poderlo contar. De un modo sencillo, podría señalar que aquel ser era muy parecido a ciertos zombis de videojuego. Pero tampoco mentiría si afirmara que no se parecía en nada a ellos. Ni los movimientos, ni el color grisáceo con manchas verdosas, la palidez cerúlea, los dedos contraídos como garfios o la expresión de sus ojos tenían nada de humano. Y, sin embargo, la constitución de tal abominación seguía siendo la de un hombre. Parecía una suerte de marioneta de sí mismo a la que el alma se le hubiera escapado y solo le quedase algún tipo de instinto animal que lo impulsaba a atacar con saña y ansía de sangre.

Tampoco permanecí allí tiempo suficiente como para grabar cada detalle. La impresión, la base de cada recuerdo e interpretación, duró menos de un segundo. El que tardé en volverle la espalda y echar a correr. En la cafetería, al contrario de otros que miraban fascinados al tiempo que muertos de terror a aquel ser que se acercaba, yo me fui al fondo de la sala, me acurruqué en el suelo y, con las manos tapándome el rostro, me quedé gimiendo durante un tiempo indeterminado que igual pudo ser el instante que se grabó en mi memoria que una sucesión de agónicos minutos hasta que oí la voz de un desconocido anunciando, con verdadera emoción y alivio, la llegada de un coche de la policía. Entonces sí alcé la vista. Y hasta me aproximé a la entrada y atisbé a aquellos héroes salvadores que iban a librarme de la angustia más inmediata.

Lo capturaron como se captura a un perro: un disparo tranquilizador y una soga al cuello sujeta por una especie de pértiga con la que se lo llevaron a rastras hasta el furgón. Mientras, otro agente recogía y metía en una bolsa negra y opaca los despojos del guiñapo en que había quedado convertida la mujer agredida.

—¡La alarma ha terminado! —anunció una voz humana apenas sin entonación a través de los equipos de megafonía— Por favor, vuelvan a sus casas. Pueden regresar a sus casas —reiteró, con idéntica falta de emoción.

Yo obedecí. Debería haber vuelto al trabajo. Pero no me sentí capaz de hacerlo. Me sumé a otro grupo de transeúntes confusos a los que escoltaba una agente de policía con traje de antidisturbios. Iban en la dirección en la que se encontraba mi casa pero, a pesar de su cercanía, los últimos cien metros hasta el portal los tuve que recorrer yo solo, espantado ante la idea de encontrarme con otro monstruo entre las sombras.

Mi vida había cambiado y ya nunca volvería a ser la de antes. En cierto sentido, mi vida había terminado aunque yo todavía no lo sabía. Aquella tarde vi todos los noticiarios y comprendí, al contemplar repetidas docenas de escenas de terror que, ahora sí, emitían todas las cadenas, como si ya no fuera necesario el disimulo anterior, que el mundo se enfrentaba a una crisis de proporciones épicas. No pude dormir. Ni los cerrojos, ni las ventanas cerradas o los pestillos echados me dieron la más mínima sensación de tranquilidad, no ya de seguridad. Tampoco el silencio roto de vez en cuando por el ruido de sirenas en la calle. No sabía que aquella sería la última noche que pasaría en mi casa. Con la mañana, casi viví con alivio el anuncio de megafonía pidiendo a la gente que saliera de sus casas. Golpearon mi puerta y un agente se identificó como tal antes de invitarme a abrir y que lo acompañase. No lo sabía pero la supuesta salvación era el inminente traslado a un supuesto refugio seguro que más bien nos pareció a todos un campo de concentración, o el barco lleno de vías de agua al que se suben todos los derrotados de la guerra horas antes de que el enemigo llegue y campe a sus anchas por la ciudad que todos defendían la víspera con ahínco e incluso esperanza en la victoria.

Agradecí la compañía. Incluso el terror compartido es mejor que la soledad que padecí durante la noche. Nos montaron, o cargaron, en furgones blindados y recorrimos la ciudad al ritmo de las sirenas. Lo poco que pude ver a través de las ventanillas que todos nos afanábamos por ocupar no fue halagüeño: humo, sangre, ruinas, coches abandonados, cadáveres y caos. Cualquier idea de control sobre la situación podía quedar desmentida con un breve y superficial vistazo alrededor.

Nuestro refugio resultó ser casi una cárcel, o un campo de concentración. Éramos muchos los que allí nos alojábamos, todos compartiendo el mismo gesto de incredulidad o estupefacción, también el de miedo. A todo. A los monstruos, a la supuesta «enfermedad», pero también a los responsables de nuestra «seguridad», o secuestro. ¿Se trataba, como en una mala película o peor videojuego, de un encierro premeditado por alguna entidad desalmada deseosa de efectuar experimentos en nuestras amedrentadas carnes? ¿O acaso el número de los transformados era tal que ya no resultaba ni remotamente seguro estar en una ciudad, en una casa? Y, si era esa la situación, ¿nuestro encierro comunal en aquel espacio claustrofóbico y maloliente, hacinados y desinformados por igual, significaba que las autoridades tan solo se sentían capaces de vigilar y asegurar un espacio como aquel? Cualquiera que fuera la pregunta correcta obtenía respuestas más desasosegantes que otra cosa. Quizá habría sido mejor no pensar y aguardar sin más el desenlace de aquella situación demencial pero, por más que nuestras mentes confundidas y nuestros cuerpos agotados no se encontraban en la mejor condición para afrontar la confrontación con cualquier realidad desagradable, todos nos afanábamos en desentrañar el misterio o, cuando menos, en mortificarnos compartiendo las diferentes opciones que a cada cual se le ocurrían, todas aparentemente descabelladas y horribles pero, tristemente, verosímiles después de los recientes y espeluznantes sucesos que todos habíamos vivido.

Éramos muchos, sí. Y estábamos extrañamente revueltos, mezclados individuos de diferentes zonas de la ciudad, con distintos intereses y hábitos. Tan solo compartíamos el nerviosismo, la tensión y el deseo de que todo acabase bien. Entonces todavía contemplábamos como espantosa la posibilidad de cualquier otro tipo de final. No tardaríamos mucho en encontrarnos tan hundidos y agotados como para dar por bueno el fin del mundo con tal de que la situación que vivíamos y se prolongaba agónicamente en el tiempo tocara a su fin.

No sabíamos, desde luego, lo que nos deparaba el futuro.

Lo primero fueron los «contagios». Se suponía que todos los confinados estábamos sanos. Que tan solo se nos mantenía encerrados por nuestra seguridad, como medida provisional y de emergencia mientras se solventaba la crisis que aún, abusando de nuestra ingenuidad, se nos anunciaba como pasajera. Sin embargo, ya desde el segundo día de cautiverio comprendimos que allí dentro no estábamos a salvo de la plaga. De tarde en tarde nos sorprendían los gritos y bufidos de alguien que se transformaba en uno de aquellos monstruos. Todos dábamos por sentado que los agentes de seguridad habían revisado que los allí encerrados estábamos sanos, que nadie había tenido contacto directo con los zombis, o lo que quiera que fueran aquellas cosas, y que una persona solo podía enfermar si uno de tales esperpentos lo mordía. Pero, realmente, nada sabíamos de la «enfermedad» ni de sus posibles vías de contagio. Algún compañero afirmó haber escuchado a personas bien informadas que el contacto físico con heridas era el único mecanismo de transmisión. Si aquello era cierto, implicaba que dentro de nuestros muros protectores habían dejado entrar a personas infectadas, quizá incubando el mal en su interior. En verdad, yo no recordaba que se me hubiera hecho prueba alguna ni me hubieran tomado muestras, ya fuera de sangre, saliva u orina, aunque reconozco que mi ingreso en aquellas dependencias se produjo en tal estado de agitación que bien podía haber sucedido que hubiera olvidado todo lo sucedido al respecto de un reconocimiento durante mi estado de semibloqueo. Bien podía ocurrir, igualmente, que el contagio se produjera por vía aérea, a través de estornudos, toses o el viento que, de vez en cuando, lograba atravesar la reja de aquella celda protectora y quizá traía mefíticos humores o pestilencias de tipo medieval, portadoras, en cualquier caso, del terrible mal de los zombis. Podía suceder cualquier cosa porque me temo que las ideas de nuestros guardianes respecto del contagio y la evolución de la plaga eran tan vagas y equivocadas como las nuestras. En cualquier caso, si algo nos podía quedar claro a todos los confinados era que allí tampoco estábamos a salvo.

Bien es cierto que, ante cualquier síntoma o sospecha de enfermedad, aparecían un par de agentes de seguridad debidamente armados y protegidos para llevarse al posible infectado lejos de allí. Tal proceder, sin embargo, incrementaba más la sensación de prisión que la de seguridad. Igual que las transformaciones, dispersas y aleatorias, por escaso que fuera su número, provocaban una sensación de psicosis y pánico crecientes que solo servían para empeorar nuestra situación. Quien quiera que hubiera rozado a un reciente transformado, o recordara haber interactuado con él previamente, se veía asaltado por las dudas, al tiempo que el terror de ser el siguiente en caer se apoderaba de su ánimo. Muchos lloraban desconsolados imaginando un futuro que estaban lejos de conocer, otros enloquecían y trataban de escapar de allí por cualquier medio, olvidando que el exterior se intuía, falsa o acertadamente, aún más peligroso. Todos, yo el primero, nos mirábamos los unos a los otros desconfiados, llenos de suspicacia. ¿Quién sería el siguiente en caer? ¿Seríamos asaltados por un monstruo durante el sueño o en un momento de distracción? ¿O se trataba tan solo de una cuestión de azar y mala suerte, como una lotería terrible que podía tocarle a cualquiera? La tensión, como puede imaginarse, era poco menos que insoportable. El descanso imposible.

Las pocas esperanzas que aún queríamos mantener se nos iban a derrumbar en poco tiempo. Todo, absolutamente todo, estaba a punto de empeorar sin que hubiera nadie preparado para ello ni existiera reacción posible ante la catástrofe. No solo de los cautivos, indefensos peleles en manos del cruel destino y la voluntad de nuestros gobernantes, sino también entre las autoridades, incapaces de concertar una defensa sensata o viable frente a un asunto que se les había escapado de las manos aun antes de comenzar. El horror, la verdadera ruina del mundo, estaba a punto de desatarse.

Por lo menos para mí y quienes me rodeaban, dentro de mi ahora reducido mundo de confinamiento y dudas. Porque la poca estabilidad que pudieran brindar las frágiles paredes que nos separaban del espanto y del caos que suponíamos en el exterior iba a derrumbarse, como las puertas de nuestra cárcel. No literalmente, pero sí en la práctica. Igual que si un grupo de saboteadores hubiera actuado con un plan debidamente elaborado y orquestado, de repente nuestros barracones se vieron privados de luz, agua y calefacción. Ninguno entonces, ni entre los retenidos ni entre los guardianes, supo explicar la razón de aquella pérdida. Tampoco después, aunque uno asume, de un modo más o menos racional, que las infraestructuras y los servicios terminan por desmoronarse cuando dejan de recibir la debida atención.

Al margen de los esporádicos y aleatorios contagios, habíamos permanecido a salvo de supuestos ataques de los monstruos. Por gritos y ruidos sospechábamos que, en más de una ocasión, aquellos seres extraños y terribles habían intentado superar las defensas que rodeaban nuestra cárcel y refugio, ¿quizá atraídos por nuestro apetitoso aroma?, pero, hasta la fecha, no lo habían logrado. Claro que, si no había luz, posiblemente fallarían parte de los sistemas de seguridad. Además de que la falta de suministros, a los que pronto se añadirían los propios víveres, obligaba a abandonar nuestro incómodo y no del todo seguro encierro.

Tras tres días horribles en lo que pasamos tanto frío como terror, se nos anunció que era necesario salir de allí y viajar a otro lugar, indeterminado por el momento para nosotros, como suele serlo para los reclusos a los que se ningunea en la toma de decisiones. A priori, tampoco nos parecía una mala opción, pues cualquier refugio, preferiblemente uno alejado de aquella ciudad de los horrores, parecía preferible al actual. Se nos explicó, eso sí, que solo se disponía de un vehículo blindado para el transporte de los refugiados. Se trataba de un furgón, quizá usado en otro tiempo por la policía, al que escoltarían un par de automóviles. Tal circunstancia haría más lentos los traslados pero, con tal de poder huir, todos nos dábamos por satisfechos.

Pasaban las horas y, poco a poco, con lentitud exasperante, se sucedían los desplazamientos. No sé quién determinó el orden, como tampoco supe nunca el número exacto de los que nos hallábamos recluidos allí. A mí me correspondía montar en el undécimo transporte, es decir, me subiría al único vehículo durante su decimoprimer viaje. Ninguna queja. Aunque, a la postre, quizá resultó el peor. Es de suponer que los anteriores salieron mejor parados. Incluso se hallaría, creo yo, alguna solución para los posteriores, para los que aún seguían aguardando su turno. Imagino que se les habilitaría otro transporte. No sé qué les explicarían, si les explicaron algo. Dudo mucho de que los dejaran abandonados a su suerte. Habría una demora, eso seguro, hasta encontrarles un nuevo vehículo. Quizá tuvieron que aguardar, tensos y preocupados, tal vez ateridos de frío o pasando penurias, sed, quizá hambre, hasta que los rescataran. Quizá me equivoco y todos los restantes refugiados fueron abandonados a su suerte, tal vez invadidos y devorados por los monstruos u obligados a salir con desigual fortuna. De lo que no tengo duda, por propia experiencia, es de que para el transporte número once, del que yo formé parte, ya no hubo opción de rescate o enmienda. El furgón no pudo regresar para realizar un decimosegundo trayecto.

Yo estaba nervioso, a qué negarlo, pero también me sentía esperanzado. Abandonaba aquel triste y decadente cautiverio y quería creer que me llevaban a un lugar mejor, quizá a un nuevo refugio libre de aquella plaga, hacia una nueva vida en un lugar al que podría llamar hogar con aceptable propiedad. Mis compañeros de peregrinaje, encerrados como yo en el furgón, también se mostraban inquietos y asustados. Llevábamos escolta dentro, con uniforme y equipados como antidisturbios, y otra más numerosa y armada en el exterior, encima del vehículo y en sendos todoterrenos que portaban voluminosas ametralladoras, como en una escena de guerra de las que hasta hacía bien poco solo conocía, imaginarias, en las películas, como protección frente al terror que nos rodeaba. Un coche iba por delante, abriendo paso al convoy. El otro atrás, guardándonos la retaguardia. Tanta precaución por una parte nos daba confianza. ¿Quién iba a atreverse a asaltarnos? Pero, por otra, generaba mayor inquietud, si no congoja, porque estaba claro que solo un peligro real y próximo podía justificar semejantes precauciones.

Por el momento el avance era lento pero constante. En un momento dado se escuchó una ráfaga de disparos, seguida de gritos, que sonaron inhumanos, como lo son todos los que se emiten desde el dolor o el espanto. No supimos si nuestros guardianes dispararon a alguna cuadrilla de monstruos golosos o a cualquier peligro indeterminado. Parecía poco probable suponer, por los alaridos, que fueran simples tiros de advertencia. Luego el silencio. Dentro y fuera. Salvo por las respiraciones entrecortadas, los eventuales sonidos del motor o el traqueteo del vehículo. Y entonces, de un modo tan inesperado como espantoso, el mundo se puso del revés.

No sé qué ocurrió exactamente. Menos aún cómo sucedió. Y esta vez ni tan siquiera tuve la ocasión de consultar por si había alguien que conociera esa información y deseara compartirla. Me temo que fui de los primeros en caer. Tampoco sé si alguien se salvó y pudo llegar a su destino o huir hacia cualquier parte para ponerse a salvo.

El traqueteo del furgón era realmente incómodo. Cada cual lo sobrellevaba como mejor podía. Pero, cuando el salto del vehículo fue de tal calibre que primero nos desequilibramos y luego sentimos el fuerte impacto contra el suelo y el reventón del neumático, eché en falta, por un instante, los baches previos. Tampoco hubo tiempo para pensar en más. Antes de que nos detuviéramos, se produjeron, en sucesión, el derrape, el nuevo salto, la caída y el vuelco. Nuestro flamante vehículo de rescate se había caído por un terraplén y yo, como el resto de mis compañeros, me encontré magullado, tendido sobre lo que había sido, hasta el momento, el techo de nuestro transporte. Apenas se veía, con el pequeño respiradero tapado tras el accidente. Hasta que se hizo, de repente, la luz, intensa y molesta, cuando un tipo uniformado y armado hasta los dientes nos abrió la portezuela y, con ademanes bruscos y nerviosos acompañados por órdenes igualmente tensas y entrecortadas, nos apremió para que saliéramos.

—¡Rápido, rápido! ¡Salid! ¡Corred!

Las palabras mostraban idéntica urgencia y mayor imprecisión que los gestos. El tipo empuñaba un rifle automático y, tras hablar, se volvió y apuntó hacia el exterior. Al momento, se iniciaron las ráfagas de disparos, a las que nuestro ¿policía? se sumó. Algunos dudaron y se quedaron en el furgón, pero yo seguí a los que se animaron a salir. Una u otra postura me temo que fueron igual de inútiles. Yo corrí, sí, siguiendo a los hombres armados y tratando de no mirar hacia atrás, donde sonaban con más intensidad los tiros. Mezclados con gritos y chillidos, cuyo origen no siempre estaba claro. Yo me obligué a avanzar por donde me indicaban. Hasta que todos comprendimos que no había una salida fácil.

Por primera vez, me vi rodeado por una multitud de monstruos grotescos y terribles en los que solo se intuía el pasado humano previo a su transformación. Aquellos seres, conservaran o no un mínimo de raciocinio, perseguían un único objetivo: llegar hasta nosotros. Durante unos minutos, nuestros protectores consiguieron rechazar a aquella muchedumbre deforme y nos proporcionaron un estrecho camino por el que pudimos proseguir nuestro avance. Ya entonces era dudoso que nos dirigiéramos a un destino concreto, menos aún hacia una posible salvación, pero no veíamos otra alternativa que proseguir cómo fuera y hacia dónde resultara factible, quizá hasta encontrar una nueva barricada que defender o un refugio provisional que permitiera orquestar nuestro rescate posterior.

Pero, cuando cayó uno de los guardias ante la enésima carga de los zombis, quedó claro que no íbamos a conseguirlo. Si no hubiera estado tan ocupado corriendo y esquivando los riesgos inmediatos, me habría muerto de miedo ante tal pensamiento, pero no había tiempo más que para seguir huyendo, aunque fuera a ninguna parte.

Los monstruos ya estaban encima. Los gritos se sucedían por todas partes. Sabía que algunos de mis compañeros ya habían sido absorbidos por aquella marea imparable de infrahumanos. Comprendía que pronto me tocaría a mí. Y entonces, extrañamente, el ritmo del mundo cambió para mí, quizá también para todos los que me acompañaban. El tiempo se ralentizó y observé en una extraña cámara lenta cómo la desgracia se acercaba a su fatal desenlace, lo que suponía también mi fin inminente.

De cierto no sé cómo sucedió exactamente. No conservo en la memoria imágenes nítidas del último ataque, de la ola terrible que me pasó por encima, ni del autor material de mi muerte. Sin embargo, creo recordar, aunque sea al ralentí y envuelta en niebla, la cara de quien fue una mujer y se abalanzaba sobre mí. Supongo que se trata solo de un sueño recurrente, una pesadilla más bien, pero no logro sustraerme de la escena en la que, como una suerte de venganza de ultratumba, que alguno llamaría justicia poética, se me representa la imagen de una mujer convertida en zombi a la que, pese a su aspecto tan distinto, reconozco como la mujer atacada y devorada junto a mí cuando consiguieron rescatarme y trasladarme al refugio perdido en el que había permanecido hasta la víspera. No sé si en los ojos como pozos sin fondo se leían odio y deseo de venganza o solo locura, o tal vez la bestialidad del inhumano, pero aquella mirada vacía se me clavaba en el fondo del alma y me anunciaba mi cruel e inmediato destino. No sé si aquel engendro pretendía vengarse de mí por no haberla ayudado, tan solo quería arrastrarme a su mundo, hermanarme con ella o satisfacer su instinto irracional. Más bien creo que todo es una visión, una ensoñación posterior. Pero recuerdo el hedor de aquellas cosas que ya me rodeaban. Mi derrota, paralizado de terror pero sin intención ni deseo ya de oponerme. Golpes, arañazos, gritos espeluznantes, el primer mordisco en el cuello, un bocado arrancado tan doloroso como lleno de espanto. Creo recordar que era ella. La mujer a la que no pude, supe o quise ayudar. Le pongo su cara, al menos. Deforme, gris, macilenta. Pero ella en mi imaginación. Vengándose, o eso me empeño en creer, pese a toda razón y aunque el recuerdo me la representa inexpresiva, sin más intención que satisfacer sus salvajes instintos, sin que haya el menor signo de reconocimiento por su parte. Y ya no recuerdo nada más. No de mi caída. Tampoco de mi despertar a una nueva existencia.

CIERTA CLASE DE DESPERTAR

No lo sabía, ni llegaría a comprenderlo hasta mucho tiempo después, pero me había convertido en un zombi. Un instante antes estaba de pie, paralizado por el terror. Luego caí al suelo, sangrando por mis heridas, lleno de laceraciones. El dolor dio paso a un cansancio infinito. También al terror inenarrable de comprender que estaba a punto de desaparecer. O algo peor. Creo que, realmente, fallecí, como he visto morir a otros de modo semejante. Pero luego me alcé sobre mis piernas que ya no eran mías y observé, desde unos ojos que ya no me pertenecían y un cuerpo que ya tampoco me era propio, el mundo que me rodeaba. Y no sé lo que sucedió durante aquel primer día de mi existencia zombi ni durante los muchos otros durante los que permanecí en tal estado.

No recuerdo. No de un modo lineal y consecutivo: primero sucede esto y luego viene aquello. Literalmente, carezco de recuerdos del tiempo que transcurrió desde el ataque y la transformación. De algún modo debía de estar vivo, puesto que luego desperté y recobré la conciencia. Pero aquella cosa que me sustituyó no era yo. Ni sus actos los míos. Uno no puede sentirse responsable de aquello que ha hecho el guiñapo que fue su cuerpo cuando su alma no reside allí, o lo hace perdida en un turbulento laberinto de sombras. No conservo recuerdo de nada pero, desde que desperté, por la noche suelen asaltarme las pesadillas. Que igual podrían ser falsas ensoñaciones o la materialización de mis peores temores en forma de una absurda sucesión de imágenes sin sentido de algo que nunca tuvo lugar. Pero me temo que las visiones se correspondan con la realidad, con lo que sucedió tal como lo vieron los ojos que no me pertenecían y lo percibió y procesó la mente obtusa y bestial que ocupaba entonces mi cuerpo y apartaba a un rincón, a un oscuro pozo quizá, a mi mente racional, arrinconada y desaparecida en algún recóndito espacio.

En sueños puedo ver el mundo con los ojos con los que lo percibió el monstruo. Un deambular sin más sentido que la persecución que aquello que mi/su olfato decidía cazar, para devorarlo nada más atraparlo. Hay escenas de sangre, de absurdas disputas por un despojo, de pavor ajeno y una insatisfacción profunda, un hueco terrible, insondable, que nada es capaz de rellenar, en un mundo incomprensible, más allá de la razón y también extraño incluso para la mente deficitaria que trataba de satisfacer sus primitivos impulsos.

Desperté, aunque ya nunca volví a ser el de antes, la persona previa a la transformación, la que podía mantener una vida sencilla y organizada, la que no se espantaba cada vez que se contemplaba en un espejo ni vivía con temor cada jornada, más asustado el yo actual de los que consideraba sus semejantes que de aquellos monstruos irracionales que un día fueron sus verdugos y que, pese a todo, le inspiran tanto asco como lástima, idénticos sentimientos que lo asaltan cuando piensa en sí mismo.

Y no, no me sirve tratar de suavizar los sentimientos encontrados hablando en tercera persona. Este ser patético soy yo y, por más que desee identificarme con el añorado yo del pasado, sé que ya jamás recuperaré mi esencia de entonces, que no hallaré paz o tranquilidad y que seguiré odiándome por el resto de mis días, por más que esté convencido de que esta deleznable existencia tiene un objetivo, por más que, pese a todo, desee conservar lo que me queda de vida. Junto, ¿por qué no decirlo?, la ridícula esperanza de volver a ser el de antes, por obra de una cura o del más inexplicable de los milagros.

Al principio temía una recaída. Ahora, y no porque la vea menos probable o esté convencido de poseer alguna clase de inmunidad, tal posibilidad ya no me parece tan terrible. Sería un modo de perderme y olvidarme, de no tener que convivir con este ser todos los días, de rebasar la frontera que me siento incapaz de traspasar voluntariamente. Me odio y me quiero preservar a un tiempo, así que no parece tan mala opción la de caer de nuevo en el olvido y dejar de mortificarme. Claro que, ¿quién me asegura que a la recaída no la sucedería un nuevo despertar cargado de sueños y reminiscencias de los horrores contemplados durante esta segunda muerte?

Recuperar mi mente fue algo extraño. Fue como desperezarse después de un sueño pesado. Nunca he estado en coma, así que no sé cómo es salir de tal estado ni si mi despertar se asemejaba a esa situación. Al principio pensé que acababa de despertarme de una terrible pesadilla. Me dolían los oídos y sentía una horrible opresión en ojos y sienes, la cabeza me martilleaba con un ritmo infernal al tiempo que escuchaba nítidamente voces y gritos que ya no existían más que en mi mente. Era como si llevase dentro una grabadora o me hallara al lado de un altavoz de discoteca que un vecino maleducado hubiera dejado encendido junto a mi cara. Pero lo peor eran las imágenes que acudían a mi mente. Una sucesión de escenas gore, de terror y casquería, imágenes deslavazadas, un inconexo relato en que se mezclaban el horror y la psicodelia. Yo, que nunca había consumido drogas, pensé que había tenido un mal viaje, que me había mordido la lengua o la mejilla, tan tenso estaba en el sueño, y ahora notaba el sabor metálico de la sangre en mi boca. Pero, cuando abrí del todo los ojos y me vi en mitad del campo, vestido con harapos y rodeado de restos sanguinolentos, sospeché que aquellos lejanos recuerdos que trataba de hacer pasar por pesadilla eran reales. Por fortuna, me encontraba solo en aquel paraje. Me palpé, la cara, los brazos. Vi mi piel gris verdosa, seca y con extrañas venas amoratadas marcadas en ella, las uñas de los dedos negras. Sentía auténtico terror, pavor de mí mismo. Necesitaba ver mi reflejo en algún sitio. Tanto como recordar. Aunque esto último parecía más complicado y mi cerebro no dejaba de protestar ante el constante retumbar que lo atormentaba. Entre los ruidos que me aquejaban, percibí el sonido de agua corriendo. Era un río cercano. Me aproximé y, aunque la corriente distaba de ser tranquila, pude contemplarme en un remanso de aguas razonablemente claras y, si bien no pude observar claramente mi expresión, lo que vi me asustó aún más de lo que ya estaba. Ahora sí que necesitaba un espejo, una superficie bruñida en la que reflejarme y reconocerme.

Al final pude contemplarme y espantarme frente a un retrovisor roto, con el espejo quebrado en varios trozos y una imagen fragmentada acorde con mi nuevo aspecto. Pero la constatación de mi ruina no fue inmediata sino posterior a una escena tan espeluznante como surrealista en la que comprendí que las imágenes intuidas eran más que ensoñaciones. Cuando la materia se presenta tangible y sórdida como en esta ocasión uno apenas puede apartar la imagen y plantearse la opción del sueño o la visión. Quizá, después de todo, la realidad no sea más que una alucinación, pero si está hecha de carne y hueso resulta muy complicado tomarla por falsa. Por alguna extraña razón parece que muchos seres humanos, entre los que tengo la desgracia de situarme, percibimos con más facilidad la realidad de lo malo en nuestra vida mientras que nos atrevemos a dudar de lo que nos agrada, sospechando que en este perro mundo lo bueno tiende a ser espejismo. Curioso pensamiento este cuando nace de alguien que, durante buena parte de su vida —a veces tiendo a pensar que eso sucedía cuando estaba vivo de veras y el mundo no era un infierno, dando por sentado que la realidad actual no es compatible con la vida ni con la verdadera alegría, por más que me aferre a esta miserable existencia con mis uñas negras y mis dientes amarillos—, ha podido soslayar la mayor parte de los problemas y no ha tenido que enfrentarse a grandes desafíos, nunca mayores que algún problema laboral, miedos de escolar ante exámenes o leves decepciones de índole sentimental.

Sucedió que, antes de ponerme en pie para buscar ese ansiado espejo entre los despojos que se amontonaban, desordenados, más allá de mi alcance inmediato pero bien próximos para mi vista, me molesté en observar mi entorno inmediato. La hierba estaba salpicada de manchas ocres pero, ante todo, me llamaron la atención lo que me parecieron palos o ramas de color blanco con alguna hilacha renegrida. Me agaché donde estaba, pues comprendí que bajo mi trasero había estado, justo al despertar, un objeto alargado y duro semejante, por lo que podía colegir, a aquellos que observaba. Pese al sabor metálico en mi boca aún no fui capaz de sumar dos más dos. Todavía creía que lo que me había molestado y tenía ante mis ojos eran trozos de madera. Sin embargo, no tardé en comprender la tétrica realidad. Nada más aferrar aquel objeto me di cuenta de que era un hueso. No soy experto en anatomía, pero supe que aquel hueso largo y entero solo podía corresponderse con el del brazo, un húmero descarnado y mordisqueado, sin restos del antebrazo o la mano. Toqué mi boca, no sé si por instinto o puro terror ciego. Ya antes la había notado seca y áspera. Ahora, al frotar, se desprendieron pequeños fragmentos ennegrecidos. ¿Sangre? Olían como si lo fueran. Cada vez tenía más claro que aquello era un brazo humano y no se encontraba a mi lado por accidente. Antes al contrario, era un resto de mi olvidada existencia previa al despertar. Sentí una repugnancia tremenda a la que siguió un extraño retortijón, un espasmo violento y apremiante que brotó desde mi estómago como mensajera del resto del vientre quejumbroso. La acidez que invadió mi boca iba acompañada de sabor a sangre y aroma a carne cruda, aunque no fresca. Por un momento me quedé paralizado pero, de repente, me vi obligado a ponerme de rodillas y, doblado sobre mi propio vientre, asistí con espanto y fascinación a la escena más desagradable que mis ojos recientemente reabiertos habían podido imaginar. De mi boca brotó, con fuerza inesperada que arrojó los restos sobre el suelo, a medio metro de mi cara, un amasijo sanguinolento y hediondo que, para mi desgracia, supe reconocer de inmediato: se trataba de media mano humana, con tres dedos y la marca ya amoratada de un anillo en el más pequeño de los conservados.

No sé qué expresión aparecería en mi más que fea cara. Supongo que alguien capaz de mirarme sin repugnancia habría vislumbrado incredulidad, también terror y mucho asco. No comprendía cómo aquello podía haber llegado hasta mi estómago. Me mostraba una faceta de mi existencia previa que temía y me negaba a aceptar. No me planteé si era más abominable haber tenido en mi estómago la mano de un humano o la de un zombi. Tampoco si ataqué a alguien vivo o había devorado un cadáver. Hasta hacía tan solo unos minutos yo también era uno de esos monstruos espantosos, un antropófago violento e irracional que devoraba a sus semejantes. ¿Habría matado yo a aquella pobre persona? ¿Me limité a participar del abominable festín? Cabía suponer que no sería el primero. Aunque, claro, tampoco sabía cuánto tiempo había transcurrido desde que me convertí en monstruo. Desde luego me encontraba lejos de la ciudad, lejos de casa, si es que el concepto de algo semejante a un hogar todavía conservaba algún sentido tras los horripilantes sucesos de los últimos tiempos, los que yo recordaba como últimos tiempos. Igual podían haber pasado años que días o tan solo horas desde que fui mordido y convertido en engendro.

Solo más tarde comprendí que habían pasado más de cinco meses desde mi transformación. Aun sin saber nada acerca de la fisiología de los monstruos, era de suponer que aquel último no podía haber sido mi único banquete, sino postrero de toda una serie de espeluznantes colaciones que, por suerte para mi precaria salud mental, no recordaba salvo como cuadros sueltos asaltándome en sueños. También comprobé que los zombis no se sentían atraídos por sus semejantes para devorarlos. Como cualquier animal, racional o no, aquellas bestias preferían la carne fresca a la podrida, el olor de los vivos al de los cadáveres, pudieran caminar o no, pobremente resucitados o fallecidos sin remedio.

Como el hecho de tener un objetivo siempre distrae la mente de pensamientos inapropiados, fui capaz de sobreponerme al asco, la vergüenza y el pavor y, mientras una nube roja que, lo juro, me chillaba frente al ojo izquierdo nublándome la vista, me puse en pie, traté de olvidarme de la sangre y los restos de mi «comida» con la intención de buscar una vez más el pretendido espejo con el que contemplar mi indudable deterioro y sus posibles consecuencias. En honor a la verdad, debo decir que, salvo por un intenso dolor de cabeza, responsable quizá de aquel fulgor escarlata, no sentía dolor ni molestia alguna. Pero no me sentía capaz de determinar si mi comodidad se debía a una improbable buena salud o más bien —y era esto último lo que sospechaba y temía— a que mi cuerpo estaba tan estropeado y consumido que me encontraba más allá del dolor, sumido en una analgesia e insensibilidad casi completas.

Al cabo, encontré el retrovisor medio roto de una furgoneta. No sé cómo pudo llegar hasta allí. Del vehículo no había más resto que aquel. Y no sé qué utilidad podría encontrarle nadie a semejante objeto en mitad de la nada. ¿Acaso algún zombi coqueto o curioso, si es eso posible, lo había recogido como un pájaro lleva al nido baratijas brillantes? Como fuera, allí estaba yo, lo que de mí quedaba, tomando del suelo el espejo medio roto, limpiando su superficie quebrada con el dorso de mi mano pútrida, a falta de paño o jirones con los que hacerlo, echando mi aliento en la superficie y, apenas satisfecho con el resultado, colocándolo ante mi vista, dispuesto a ver mi rostro y a comprobar que mis temores eran justificados.

Respuesta breve: sí. El aspecto era incluso peor de lo que yo imaginaba. Me faltaba una porción de nariz y allí se veían los huecos que daban a mis fosas nasales. También la oreja izquierda estaba convertida en muñón y mi mejilla presentaba una cuchillada que la atravesaba de parte a parte. Una enorme hendidura en mi cuello me demostraba que mi recuerdo de un primer mordisco fatal era cierto. Aparte de que la enorme llaga permitía que el aire circulara por mi tráquea sin pasar por la nariz o la boca, aquel boquete ancho e irregular parecía una horrible segunda boca, capaz de sonreír malévolamente desde su oscuridad desdentada. Por lo demás, mi piel gris verdosa presentaba arañazos y raspones por todo el cuerpo o, al menos, todo lo que pude mirar a través del espejo. Tenía un agujero en el abdomen, más o menos en la posición del apéndice y conservaba, poco más o menos, mis cuatro extremidades, aunque me faltaba el dedo meñique del pie izquierdo. No sé cómo no me había fijado antes, puesto que, además de semidesnudo, me encontraba descalzo. Sentí vértigo. Y deseos de llorar. Aunque ninguna lágrima brotó de mis secos ojos.

La respuesta larga, la que atormentó mi mente durante horas y días, la que aún hoy me mortifica cada vez que me veo o pienso en qué me he convertido, no merece la pena ser comentada. Respiré hondo, tratando de sobreponerme a la impresión. No sé si se trataba de ser práctico o de mera desesperación.

«Al menos estás vivo», me dije. «O algo parecido»

Solo quedaba rendirse o seguir adelante. Obviamente, decidí mantener aquella precaria existencia. No sé aún hoy si me hubiera servido de algo tratar de acabar con estos tristes despojos ni cómo lo habría llevado a efecto. Sí puedo confesar que, cada vez que me he visto en peligro desde entonces, he sentido un miedo espantoso a desaparecer, como lo siente casi cualquier criatura ante la muerte.

También debo admitir que, desde aquel extraño despertar, entre espantado y lleno de esperanza, he sentido miedo de una recaída aunque, por otra parte, supongo que apenas sentiría nada, caso de producirse esa nueva reversión en mi estado. ¿Acaso sentí algo tras el primer mordisco que me transformó en zombi? Ni dolor, ni verdaderos recuerdos. Solo me acompañan algunas visiones y sueños, que supongo que representan una realidad de la que hoy no me siento partícipe. También mi lamentable aspecto es un recuerdo físico permanente del resultado de aquella transformación. Y, sin embargo, me espanta la posibilidad de perderme, de que mi cuerpo sin alma cometa atrocidades y yo no esté allí para impedirlo ni conducir mis pasos. Un enorme terror a desaparecer, a desdibujarme y no poder volver. A sufrir, en suma, una muerte en vida, mantenerme en el triste estado de suspensión de conciencia que supone ser un zombi y, al tiempo, ceder a cada impulso animal provocado por la enfermedad, o quizá es solo la ausencia de razón la que lo provoca.

Solo cabía aceptar los hechos. También adornarlos y reconstruir la esperanza. En el fondo, sabía que yo era un afortunado. Me había repuesto de aquel terrible estado. Quizá en mí se encontraba la posible cura para el mal que tanto se había extendido y que había terminado, o casi, con el mundo conocido y civilizado. O quizá yo solo era un convaleciente precoz y en breve, si no estaba sucediendo ya en otros lugares menos despoblados que el solar en el que yo me hallaba, otros zombis habrían recuperado su humanidad y tan solo era cuestión de tiempo que la epidemia terminase, como si de un terrible y prolongado catarro mortífero y alienante se tratara.

Estando solo en un descampado no tenía información suficiente como para saber si mi recuperación era la excepción o la norma. Por no saber, igual podía estar dormido, como zombi, y disfrutar/padecer una surrealista experiencia onírica. O estar muerto, tan definitivamente como uno pueda estarlo, más allá de la muerte en vida que supone convertirse en zombi. En este caso, si es que la tradición cristiana tiene algún fundamento, me encontraba en el infierno. Sin lugar a dudas. Encontrarme solo y putrefacto parecía el castigo adecuado para un pecador como yo.

El segundo hecho, el de mi descomposición corporal, no podía remediarlo por el momento. Pero el de la soledad, si es que todavía caminaba por el mundo terreno y no se trataba de una alucinación de ultratumba, sí estaba en mi mano el modificarlo. Si quería saber, si necesitaba saber, debía desplazarme hacia otros lugares para comprobar cuál era el estado del mundo o, por lo menos, el de mi entorno más inmediato. Sentía verdadero terror por lo que pudiera encontrarme, tanto si era que todos estaban muertos como si había únicamente zombis. En mi ingenuidad daba por sentado que lo mejor que podía sucederme era que la epidemia hubiera pasado, o hubiera sido derrotada, y me encontrara a la vuelta de la esquina un pueblo habitado en exclusiva por humanos que me recibirían con los brazos abiertos y el deseo sincero de ayudarme. Sin duda, el paso por aquella experiencia de muerto viviente había afectado a mi capacidad mental más de lo que yo podía imaginar.

Si ya antes de la plaga era difícil encontrar humanos bondadosos y dispuestos a ayudar, debía haber imaginado que con ella, o incluso después de superarla, la dificultad de hallar buenos samaritanos se habría incrementado exponencialmente. En situaciones críticas como aquella, igual que en casi todas las guerras o cuando las cosas se ponen realmente feas, la probabilidad de sobrevivir es directamente proporcional a la falta de escrúpulos. En los conflictos son los cabrones los que mejor suelen medrar y esta ocasión tan terrible no iba a ser una excepción. Aunque claro, siempre es posible que una comunidad solidaria se haga más fuerte que los vecinos solo que, por desgracia para mí, tales asociaciones civilizadas suelen considerar enemigos a todos los ajenos a su núcleo y tienden a enfrentarse a ellos con la sana intención de eliminarlos y reducir la competencia por los exiguos recursos.

En fin, quizá deba disculparme por este ataque de pesimismo, no sé si injustificado. Por aquel entonces yo todavía soñaba con mi propia salvación y mi trascendental intervención en la de la humanidad como especie. ¡Qué carajo! Todavía sueño con ello, aunque me parezca imposible. Si uno no se permite soñar, ¿qué le queda en este perro mundo?

Deambular. Eso fue lo que me dediqué a hacer durante un buen rato mientras trataba de orientarme. Saber dónde me encontraba, no ya exactamente sino tan solo por aproximación, era bastante menos importante que comprender hacia donde podía dirigirme, hacia dónde debía o me interesaba avanzar. No sabía con qué podía encontrarme, si zombis, humanos o cualquier otra entidad desconocida, si vivos o muertos, estos últimos por completo o de modo parcial. Me aterraba encontrarme de nuevo con una cuadrilla de monstruos ávidos de sangre que pudieran lanzarse de nuevo sobre mis tristes despojos.

Después de un rato de moverme sin demasiado sentido, avanzando ahora hacia un lado, ahora hacia el contrario, con giros sucesivos e idéntica falta de éxito en mi desesperado recorrido, tomé la determinación, que me pareció más oportuna, de buscar un lugar elevado. Quizá fue la primera decisión más o menos racional tras mi despertar que, a posteriori, me parece imposible no haber pensado previamente, lo cual solo puedo —o quiero— justificar por mi confusión inicial. Una vez que ascendí a una colina, el único promontorio carente de vegetación en la zona, pude tener una perspectiva algo mejor del escenario en el que debía desenvolverme. Aparte de campos yermos, descampados y zonas de arboleda como aquella en la que me había despertado, alcancé a vislumbrar en el horizonte dos signos de civilización: una carretera vecinal que culebreaba dibujando sutiles trazos negros en el paisaje ocre y lo que parecía ser una granja lejana, rodeada de campos cuadrados amarillos, sin sombra de otros colores que pudieran hacer pensar en calvas o malas hierbas, signo inequívoco de que aquel lugar estaba habitado y sus ocupantes cuidaban con esmero sus recursos. Si la carretera era un pobre símbolo de la tecnología humana previa a la plaga, la granja era un signo de esperanza, pues indicaba la presencia actual de personas sanas en aquella remota comarca. Hasta la fecha, no conocía más caso de recuperado de la enfermedad que yo mismo, ni tenía constancia de la supervivencia de nadie más que mi triste persona, de modo que aquellos campos de labranza cuidados, sembrados, según yo intuía, de cereal en sazón, quizá trigo a punto de ser recogido —lo que igualmente debía hacerme sospechar que habían pasado largos meses desde el ataque sufrido, mi contagio y transformación— significaban la presencia de gente supuestamente normal, sana con respecto a aquella monstruosa plaga, hacendosa y preocupada por su porvenir. O, cuando menos, tales eran los pensamientos que acudían entonces a mi cabeza y que me decidieron, como no podía ser de otro modo, a dirigir mis pasos y mis esperanzas hacia aquel lugar que significaba el triunfo del orden sobre el caos, como tierra de promisión en el desierto o isla de vida en mitad de un yermo océano de barro, piedras, árboles y restos medio descompuestos de lo que parecían haber sido tétricas, salvajes orgías de sangre y muerte.

Parecía una escena fuera de lugar. O más bien de tiempo, un anacronismo. El hermoso paisaje concordaba con la imagen del campo, quizá idealizada, que yo guardaba en mi memoria. Una granja bien cuidada, que se mantenía gracias a la dedicación y el esmero de sus dueños. Lidiar contra el clima y sus elementos, las plagas, las aseguradoras, los distribuidores, el banco y sus préstamos de usurero debió de ser una intensa aventura en el pasado. Hoy en día, aquellas minucias poco significarían frente a mantenerse ante las hordas de zombis que rodeaban tu propiedad y, quizá, de vez en cuando se sentirían atraídas por las luces y el olor a carne y sangre frescas, o simplemente se acercaban en algún momento de su descerebrado deambular. No sé si el mío, mi caminar, era o no poco meditado. Lo que sí puedo asegurar es que, al igual que los monstruos que yo imaginaba, tampoco mi triste persona fue bien recibida en aquel lugar de apariencia idílica.

No diré que me acerqué confiado a la granja. Pero no por temor a los granjeros, sino por miedo a tropezarme con algún zombi despistado que pudiera atacarme, volverme a morder o aniquilar o, yo qué sé, transformarme de nuevo en uno de ellos. Pero sí que avanzaba ilusionado, con emoción creciente conforme me aproximaba, notando que mi corazón se animaba a latir con más brío y velocidad, lo que me recordaba al humano que fui y el modo en que las sensaciones y emociones modulaban su ritmo, así como la percepción de la vida, sus alegrías y sinsabores. Según me encontraba más cerca y no me había topado con monstruo, maleante o despistado alguno, me sentía mejor, más seguro. Aunque también, no lo negaré, temía que el lugar, pese a su aspecto cuidado, pudiera encontrarse vacío, quizá recientemente abandonado por sus ocupantes, sin tiempo para llevarse la cosecha siquiera. No me agradaba esa posibilidad. Deseaba el contacto humano, que entonces más que nunca sentía necesario, vital para mí. Pero la del abandono tampoco era una perspectiva del todo horrible siempre que pudiera entrar y encontrar refugio: paredes, cobijo, lecho, agua, comida. Aparte de la presencia humana, que yo imaginaba amigable y generosa, no podía desear otra cosa. Aunque, por otra parte, sí que me inquietaría, en caso de que el lugar se hallara realmente desierto, el tipo de presencia o suceso que forzó la marcha. La presencia de monstruos, de entes sin alma como el que yo fui, me amedrentaba más de lo que puedo describir. Solo pensar en ello sentía escalofríos y el vello, que hasta el momento había permanecido insensible en mi cuerpo medio embotado y apenas recuperado de la ausencia de percepción, se me erizaba anunciando peligros inimaginables, por más que, por el momento, fueran exclusivamente ficticios. Debía considerar positivo, un signo más de que había recuperado mi humanidad, el hecho de que mi imaginación, aun con voluntad propia, funcionara de un modo tan apropiado.

Cuando llegué ante la puerta de la verja que separaba las campas de la finca en sí, temblé por primera vez. De emoción, mezclada con alegría y una primera duda. La valla estaba cerrada, signo inequívoco, a mi parecer, de que la propiedad permanecía ocupada, cuidada y protegida. Iba a dar una voz. Pero alguien se me adelantó. Y el tono no auguraba nada bueno. Primero porque la voz, recia y agitada, no se dirigía a mí. Segundo por su mensaje, que sí hacía referencia a mi persona y de un modo que no me parecía prometedor sino, muy al contrario, realmente peligroso para mi integridad.

—¡Hay un mierda frente a la verja! ¿Por qué no lo freís de una vez?

La voz sonaba más fastidiada que irritada. Como si aquello de deshacerse de «mierdas» fuera una incómoda costumbre. Se refería, sin duda, a mí. Y me asimilaba a la categoría de zombis, bien alejada de cualquier concepto de humanidad para quien avisaba. Yo, humano o zombi, sentí un miedo terrible, me temblaron las piernas y me quedé paralizado con la mano extendida hacia la puerta.

—Hacía días que no venía uno —le replicó una segunda voz, también masculina, con tono más comedido, resignado tal vez— Espera que coja la escopeta, la cargo y le suelto una perdigonada.

Yo, imaginando mi propia muerte, la segunda que temía tan definitiva como supuse la primera, reaccione y grité.

—¡Perdón, no disparen! No pretendía molestar.

Y dicho esto me puse en pie —justo acababa de darme cuenta de que me había agachado— y alcé las manos, como cualquier mangante pillado por la policía con las manos en la masa. La cabeza, sin embargo, la mantenía gacha, doblado el cuello, en un gesto que no pretendía disimular el miedo que me atenazaba.

—¡Joder! ¿Has oído? ¡Este mierda habla!

Al margen del tono de sorpresa, esta vez había usado de nuevo el término con idéntica naturalidad, como si se tratara de la palabra escogida, tal vez inventada ex profeso y popularizada para referirse a los zombis, convertidos así en no humanos, extraños y enemigos.

—No soy un zombi. —insistí, mientras me mantenía agachado y a cubierto— Solo busco refugio y ayuda.

—Aspecto de zombi, podrido como un mierda y dice que no. ¡Un zombi que habla! ¿Te lo puedes creer?

El tipo bromeaba con sus oyentes, entre los que no parecía incluirme, pero el tono de irritación y amenaza permanecía en el ambiente. Yo, decidido a hacerlos entrar en razón, no iba a dar mi brazo a torcer:

—No voy a negar que no fuera un zombi. Me transformé, sí. Pero he despertado, he vuelto a ser humano.

—Pues zombi o no, más vale que te vayas por donde has venido porque aquí solo vas a encontrarte con un balazo, o muchos, entre las cejas o por donde te los podamos meter.

—A este dadle duro. —intervino otra voz— Es lo que nos faltaba, un mierda que se hace el buenecito, que habla como tu colega y te pega un mordisco en plena conversación.

Dicho y hecho. No sé si fue el último en hablar pero, al terminar su frase, sonó la primera detonación, aunque la bala pasó lejos de mí. La siguieron otras cuantas, poco precisas pero orientadas hacia donde yo me escondía. Asumí que no había nada que hacer. La decepción poco valor tiene ante la supervivencia, así que me arrastré, lentamente al principio, rápido después, para alejarme de su rango de tiro. Por primera vez comprendí que me iba a resultar complicado convencer a los otros humanos de que yo era uno de ellos.

Hui de allí, ¡qué remedio! Tuve que alejarme del único lugar que había relacionado, equivocadamente según se vio, con la civilización y la seguridad. Uno tiende a definir el comportamiento solidario y compasivo de los semejantes como humano, dando por hecho que nuestro género de primates se caracteriza por tales virtudes. Pero temo que no es así. O el miedo, que todo lo contamina y confunde, nos tiende a asilvestrar, nos ofusca y nos convierte en bestias. O simplemente sucede que somos seres egoístas, como todos los que pisan este desgraciado mundo, dispuestos a pisar al vecino con tal de proteger lo nuestro, ya sean un miserable territorio, nuestros recursos limitados, nuestra integridad física y moral o meramente nuestro orgullo, incluyamos en este término la vaga idea de supremacía que nos parezca oportuna.

Me sentí más solo que en todo el tiempo anterior desde mi pesadillesco despertar. Un paria también. Y pensé que no iba a ser sencillo vivir una existencia fronteriza, si era con ello con lo que me tocaba lidiar. Suponía, sin ninguna razón aparente, que me tocaría vivir apartado tanto de esos humanos que renegaban de mí como de los monstruos sanguinarios que pululaban por doquier, de cuyo número había formado parte, como mi lamentable aspecto o el contenido de mi estómago o intestinos todavía testimoniaban, y de cuya raza era yo el que renegaba con tanto miedo como determinación. Pese al rechazo de los que consideraba mis semejantes, de los enemigos a quienes me refería como «los míos», todavía tenía claro que los descerebrados sanguinarios que deambulaban por ahí buscando presas, o topando con su sustento sin buscarlo ni pretender hallar nada, sin objetivo determinado en sus vacías existencias alienadas, eran los auténticos monstruos, los inhumanos de los que huir y a los que temer. Sospechaba que ellos también me considerarían, a través de sus limitados sentidos o instintos, enemigo o víctima potencial, extraño a su mundo. Para mi desgracia, ellos no me tomaron por ente ajeno o rival. Tampoco como amigo. Aunque no llegaron a ignorarme del todo, no mostraron hostilidad hacia mí. Comprobé que no les servía de alimento ni me consideraban competidor con el que pelear a su modo salvaje y carnicero. Digo para mi desgracia aunque el detalle constituiría una ventaja por cuanto me permitió desplazarme entre ellos sin demasiado riesgo para mi integridad física, salvo que pugnase con ellos por conseguir algo o me situara en mitad de su camino cuando sus ansias incontrolables de sangre se desataban. Pero su desdén sí constituía para mí una desgracia íntima, moral, existencial, puesto que significaba que mi mente humana o mis actos nada significaban para ellos, como poco habían servido frente a mis congéneres humanos. Para los de la granja yo era un monstruo, una basura o enemigo al que destruir. Para los zombis, a los que me obcecaba en identificar con verdaderos monstruos, asumiendo por tanto que yo lo fui al perder mi conciencia y dejar de ser dueño de mis actos, yo seguía siendo uno de los suyos, un zombi más con el que se conducían como lo tendían a hacer con todos los de su especie. Yo no era comida, sino carroña como ellos. Y, por tanto, no me atacarían salvo que me cruzase en su camino y les impidiera alcanzar su objetivo. Ellos se descontrolaban ante la carne y la sangre frescas, los invadía la pulsión devoradora, la violencia incontrolada, ante los humanos de verdad. Y yo, para mi desgracia, tanto a su juicio como al mío o el de los humanos que resistían la plaga, había dejado de serlo mucho tiempo atrás y no volvería a formar parte de la especie de los vivos. Olvidaba, sin darme cuenta, que aquellos engendros también fueron humanos no hacía mucho tiempo y con ello los convertía en mis enemigos y les negaba cualquier derecho de un humano enfermo. ¿Qué habría pensado yo de las autoridades si, ante cualquier epidemia, pongamos una gripe, en vez de tratar de curar a los pacientes e ingresarlos si se encontraban realmente mal, hubieran mandado al ejército a aniquilar a tiros a todos los enfermos? Sin embargo, no podía negar que aquellos seres no conservaban más resto de humanidad que el leve parecido anatómico de un primate bípedo.

Yo deseaba ser humano. Lo ansiaba con todo lo que quedaba de mi alma y de mi corazón. Acaso el sentimiento no cuenta mucho en estos casos. No te conviertes en alguien distinto por el mero hecho de proponértelo. El ratón no se vuelve león por más coraje que demuestre. Ni tampoco por ponerse a rugir o disfrazarse con unas melenas o falsos colmillos. Yo, convertido en despojo de mí mismo, ya nunca podría pasar por humano ni pretender serlo, más que en mis sueños. O eso me indicaban la razón y mis sentidos, lo que percibía en mi entorno y lo que sentía dentro de mí. Y, pese a todo, es tan difícil renunciar a los sueños, lo único que nos puede dar la verdadera vida y animar nuestra existencia, que yo me negué a aceptar la realidad. Todavía pensaba que podría cambiar el estado de las cosas y modificar lo porvenir, mi sino incluso, si es que tal cosa existía. Y aún peor, todavía confiaba en mi capacidad salvadora. Me sentía en la obligación de presentarme a los humanos y ofrecerme, literalmente más en cuerpo que en alma, para su escrutinio, para que hallasen en mí la cura del espantoso mal que invadía cuerpos y borraba almas. Quizá con el secreto anhelo de que, de paso, lograran modificar mi lamentable aspecto, tanto real este deseo como el propósito confesado de ayudar, de sentirme útil e importante, válido para un mundo que me había dejado atrás como un despojo y para el que ahora podía suponer la diferencia entre el caos y la salud, contenido en mí el milagro de una cura, una vacuna quizá o un remedio, parcial o total, para la infección que había contaminado todo con su terrible contacto.

Sueños del iluso que siempre había sido y que no iba a cambiar por el hecho de haber muerto y luego despertado, como un Lázaro infame y pútrido, en cuerpo ajeno y monstruoso pero con el alma perdida recuperada dentro de tan lamentable envase.

¿O NO ZOMBI?

Recuerdo cuando mis preocupaciones, las que absorbían buena parte de mi tiempo, eran triviales o poco menos. No se trataba del riesgo de perder la vida o la integridad —la moral tenía asumido que no existía—, nada de peligros físicos o pasar estrecheces ni calamidades. «Preocupaciones del primer mundo», las llamaba yo a las mías, como tantos otros, con ese tono condescendiente que tan solo hablaba de mi desapego por esa realidad no trivial que incluía las múltiples necesidades vitales de mis múltiples —por no decir casi infinitos— semejantes que no habían tenido la fortuna de nacer en mi lado del mundo y dentro de una familia con suficientes recursos. En aquella vida anterior solo sentía hambre, un hambre mínima y autolimitada, cuando decidía ponerme a dieta o si, tras una indigestión o cualquier problema gastrointestinal, me pasaba unos días ingiriendo tan solo líquidos. Mis problemas, los graves y reales, comenzaron con la plaga. Y no desaparecieron con el triste despertar. Muy al contrario, a los problemas que me habían acompañado, sin lugar a dudas, desde mi contagio y caída, ahora se le sumaba el de ser consciente de mi tristísima condición. Que incluía el pesar, la preocupación por mi esencia humana y la dificultad para ser aceptado por los que no habían sufrido mi agonía, pero también asuntos mucho menos trascendentes en la imaginación que en la realidad: carecer de refugio, de abrigo, de comida. ¡El hambre! Fue lo único, más allá del cansancio adormecedor y anestesiante, que me obligó a abandonar los tétricos pensamientos con los que me dediqué a deambular tras ser rechazado, por no decir espantado a tiros, por los humanos de la granja, los que creía hermanos y compañeros de penurias, al tiempo que salvadores. Los que no se convirtieron en verdugos solo porque puse tierra de por medio y me alejé de ellos. Cabizbajo y lloroso, sí, pero manteniendo aquella triste existencia que tan valiosa me era, pese a sus infinitas deficiencias, en comparación con la muerte definitiva —si es que lo era y yo aún podía morir por el simple trámite de los disparos— que me habían ofrecido. Un hambre atroz, imposible de obviar. Un hambre que, según el dicho, debería aguzar el ingenio pero a mí me dejaba bloqueado, con la mente en blanco, embotada o más bien fijada en la necesidad inaplazable de encontrar alimento sin saber dónde, de qué tipo ni cómo conseguirlo.

Muertos vivientes, decían. Decíamos, porque yo también usé, en alguna ocasión, tal apelativo. Pero, ¿cómo se explica que el muerto se mueva?, ¿que huela sangre y se vuelva loco?, ¿que sienta un hambre tan terrible, insaciable? Ansia de vida, decían muchos. Decíamos. Y yo, que apenas recordaba nada de mi paso por tal estado más allá de mis sueños o pesadillas en las que rememoraba todos los horrores de aquella no vida, o más bien existencia bestial, instintiva, sí recordaba, aunque no sé si con la mente que estuvo adormecida o lo hacía con el cuerpo, la sensación de hambre infinita, de vacío doloroso que era inaplazable tratar de llenar, aunque tal cosa resultara imposible de conseguir. Pues ahora, despierto y recuperado, las ansias de comer volvían. Me sentía hambriento y desfallecido. Quizá con razón, puesto que no había ingerido nada desde que desperté, había vomitado las inmundicias que contenía mi estómago y no había permanecido quieto en todo aquel tiempo. O tal vez era que mi transformación, mi regreso a aquella pseudohumanidad, mente de persona en un cuerpo corrupto de engendro, consumía excesivos recursos. «¿Y si vuelvo a transformarme?», pensé con terror. Quizá de un modo un tanto absurdo entonces temía más esa posibilidad que el caer rendido o morir —¿descansar de una buena vez?— como consecuencia de la inanición. Para un humano normal, según el concepto de mi mundo humano previo a la plaga, era impensable morir de hambre si se trataba de una persona bien alimentada y llevaba menos de una jornada en ayunas pero yo, en mi presente estado, sentía que mis últimas energías me estaban abandonando y que la situación adquiría la consideración de crítica. Que la sensación era irreal, que tal posibilidad solo se presentaba en mi cerebro trastornado, podía comprenderlo racionalmente, pero la necesidad —o su mera percepción— resultaba igualmente apremiante.

Pero, ¿qué comer? ¿Cómo buscarse el sustento en mitad de un desierto verde? O peor, ¿cómo alimentarse a las puertas del infierno? ¿Podría tomar aún alimentos propios de un humano, si los encontraba? Tal fue mi pensamiento, olvidando que un humano necesitado se puede comer casi cualquier cosa. Con menos escrúpulos que un zombi, que solo está dispuesto a tomar carne, fresca si puede conseguirla, muerta o pútrida, cualquier bazofia animal, por lo que yo sabía, pero que perecería de asco antes de tomarse una fruta o una verdura. Yo estaba en ayunas, sí. Pero había notado diferentes olores y tenía que admitir, tras comprobarlo con horror, que el olor metálico de la carne cruda fresca y aun el olor picante —que habría llamado nauseabundo unos meses atrás— de la carne en descomposición, incluidas vísceras, cartílagos y huesos semimondados, me hacía salivar de deseo. Ya entonces pensé que era aquella apetencia un residuo de mi condición tan recientemente abandonada. No sabía entonces que mi olfato y mis gustos no iban a volver a ser los anteriores a mi enfermedad. Por lo menos no lo han sido hasta hoy aunque todavía me aferro a la irracional esperanza de que esto pueda cambiar. Que mi completa recuperación, en sensaciones igual que en morfología, se lleve a término de modo completo y satisfactorio. Que, igual que esos boxeadores que pierden el olfato de un mal golpe, mis sentidos humanos y mis apetitos reaparezcan cuando menos lo espere, quizá incluso cuando ya haya perdido toda esperanza de completa recuperación.

De otro modo, por más que desee creerme humano, exactamente como los demás, igual que lo era antes de mi transformación, no podré serlo ni en apariencia ni en espíritu. Poco importa que en el pasado hubiera humanos caníbales o carroñeros, que exista toda una diversidad racial con ejemplos de los aspectos y colores, no digamos ya costumbres, más variopintos. Yo no puedo pasar por humano. No ya normal, que eso en absoluto, sino un humano cualquiera, por peculiar y extraño que pudiera serlo. Soy un medio zombi, una basura, una mierda, como me gritaron aquellos tipos de la granja que me intentaron rematar —se supone que como ex-zombi ya estaba muerto— cuando intenté acercarme. Y, pese a todo, creo que soy más humano de lo que parezco. La mayor parte de mis pensamientos lo son, así como mis recuerdos y casi todos mis apetitos. Me encantaría yacer con una humana, género femenino de la que considero mi especie, y nada me repugnaría más que tener un trato no ya íntimo sino meramente próximo, casual siquiera, con una zombi que, en lo morfológico seguro que se me asemeja más, podrida y fétida como yo. Pero es que me temo que el futuro de la humanidad, si es que existe aún tras la epidemia, va a depender del mestizaje, y de integrar las virtudes, que las hay, de individuos cochambrosos como yo que hayan superado a la infección y sobrevivido para contarlo. Hasta la fecha creo que soy el único. Y, si me preguntan, les aseguro que nada me apetece menos que encontrarme con una hembra de mi condición, humana recuperada a medias, y mantener relaciones íntimas con ella. El prejuicio que los demás muestran hacia mí lo manifiesto yo mismo, asqueado de mi propio aspecto y lo que representa. Es curioso que, pese a todo, me sienta satisfecho y afortunado por poder disfrutar esta vida arrastrada, regalada no sé si por mi sistema inmune o por una mutación del supuesto patógeno causante del horripilante mal. Creo, sinceramente, que debo ser estudiado. Aunque, a la hora de donar mi cuerpo a la ciencia, prefiero que sea vivo —o lo que quiera que signifique este estado mío de animación post-zombi— y sin ser sometido a tortura o vivisección para analizar mis entrañas.

Mencionaba el escrúpulo del zombi hacia cualquier alimento vegetal. Lo temía, en mí, porque el aroma de las frutas y verduras no me resultaba en absoluto apetecible sino, al contrario, más bien desagradable. Por fortuna, puede comprobar que no sentía repugnancia y, sin placer pero con satisfacción, ingerí algunas moras de zarzas del camino. Fue un alivio: al menos podía tomar comida humana. Comprobé también, al cruzar un campo sembrado de piltrafas, de restos medio podridos y sanguinolentos de zombis y seguramente humanos mezclados, que la carne de zombi no me atraía. Entonces no lo recordaba pero más tarde pude comprobar por mis propios ojos que el asco del zombi por lo vegetal se extendía a los de su especie. Como si el canibalismo, ingerir a sus semejantes, fuera uno de los pocos tabúes para sus bestiales instintos. Lo mismo pero tan diferentes: ansiosos por carne fresca, palpitante y sangrante, dispuestos a comerse carne pútrida y agusanada de cualquier animal pero decididos a no catar la carne de otro de los de su condición, como si fuera venenosa o les causase alergia. Lejos de tratarse de una cuestión menor, de mera curiosidad, el rechazo de los zombis a la carne de sus semejantes para mí resultó de vital importancia, como luego se verá.

Confieso que, aparte de no hallar muchos frutos silvestres que consumir, mi estómago seguía protestando y mi nerviosismo al respecto iba en aumento. Me sentía morir de hambre y, aunque tal sensación fuera falsa, estaba decidido a llenar mi tripa con cualquier alimento mínimamente decente. Me avergüenza reconocer qué fue lo que comí pero, sobre todo, me asusta y sorprende que mis sentidos se sintieran atraídos por tales inmundicias y que mi mente, no dudo que trastornada entonces y aún ahora, las prefiriera a otras viandas que se me presentaron en forma de cadáveres en diferente estado de descomposición. Vi restos humanos o de animales. Y no negaré que me olían bien pero, ante mi ignorancia anatómica como para discernir cuáles eran de una u otra especie, más que por el estado de visible putrefacción o deterioro de las piezas, sentí un asco infinito por el dudoso origen de los restos, un escrúpulo perfectamente humano que, sin embargo, no me impidió comerme con gusto infinito mezclado con una no menos intensa repugnancia racional, varios escarabajos y gusanos de la madera. De acuerdo que los humanos, desde tiempo inmemorial, han consumido insectos. Incluso en mi tiempo hay culturas —no la mía— en que se ingieren insectos y yo mismo, como curiosidad, llegué a comer en restaurantes exóticos donde los servían, aunque no me atreví a probarlos. Pero, en esta ocasión, la ingesta se asemejaba más a ese trastorno compulsivo que lleva a algunos dementes a comerse cualquier sabandija repugnante sin saber por qué. Aquellos bichos me alimentaron entonces y no me supieron mal. No he vuelto a comerlos. No lo he necesitado y sospecho que mi obsesión inicial y la proximidad de mi reciente bestialidad me ayudaron a vencer el reparo original. No sé si, en caso de no encontrar tales artrópodos no me habría dado por ingerir cualquier cosa, alimento o no, con que saciar mi ansia, en absurda altrofagia, ese trastorno, el síndrome de pica, que a todos nos ha movido en alguna ocasión a masticar papel, hielos o goma de borrar, de niños y como caso más leve, pero igual me podría haber hecho tomar piedras o metal, en mi locura.

No diré que subsistí por los insectos. Y desde aquella ocasión mi escrúpulo, igual que la distancia con la bestia previa y mi habilidad para conseguir comida, se han incrementado. Hoy por hoy me mantengo bastante bien con lo que recolecto y, a las malas, me como el contenido de cualquier lata caducada que encuentro, sin que mi estómago —no sé si a prueba de bombas tras mi paso por el estado de muerto viviente o tan solo afortunado— haya protestado o padecido demasiado hasta el momento. Comer sigue siendo un desafío pero al menos, en lo que se refiere a las vituallas, mi costumbre me ha acercado algo más al género humano.

Se hizo de noche, mi estómago estaba lleno de bazofias y mis músculos tan agotados como mi mente. Me sentí tentado de dormir al raso, pero me forcé a buscar algún refugio, que no fue otro que el hueco de un tronco muerto y seco. Quizá también había insectos, arañas o gusanos en él, pero me dieron menos miedo que la sensación de desprotección frente a los zombis o cualquier humano asustado que pudiera acabar con mi vida al verme expuesto o deambulando. Igualmente me daba miedo dormir. ¿Y si este espejismo desaparecía y volvía a amanecer convertido en zombi tras aquella jornada del despertar? No era un pensamiento racional, aunque bien podía suceder. Incluso ahora me siento inclinado a pensar que, en estos tiempos, puede suceder casi cualquier cosa. Pero, con miedo o no, la fatiga me venció. Si me levantaba como zombi, ya no recordaría nada, sería como morir y, en cierto modo, descansar de la conciencia recién adquirida. No la echaría en falta salvo que despertara de nuevo a la consciencia. Pero no tuve ocasión de pensar demasiado. Pese al frío, al miedo y a la intranquilidad, caí como el tronco en el que reposaban mis huesos y solo desperté cuando la luz del Sol llevaba unas horas iluminando el terreno.

EL FINAL DE LA SUCESIÓN

Tras aquella primera jornada de inquietud no desaparecieron las incertidumbres, pero llegaron varios días semejantes, de peregrinar en pos de un objetivo que no terminaba de definirse para mí y solo se concretaba en arrastrarme para comer y buscar cobijo para descansar. En esos días creo que me humanicé un tanto a fuerza de pensar y, al mismo tiempo, me integré, como un animal cualquiera, en los terrenos despoblados por los que deambulé buscando mi sustento.

Al principio actuaba como presa asustada, escondiéndome a cada ruido y rehuyendo cualquier encuentro. Más tarde, por la fuerza de la costumbre que nos hace asumir como natural lo que nos sucede varias veces y la confianza que genera verse a salvo durante varios días seguidos, empecé a actuar como depredador. No era ni me sentía, desde luego, el cazador principal, nada semejante a un depredador en la cúspide de la cadena alimentaria, pero sí podía atacar y espantar a seres más débiles que yo, ya fueran presas de pequeño tamaño o supuestos competidores, en la forma de algún zorro asustadizo o uno de los escasos zombis que se arrastraban por mi variable territorio. De estos en un principio huía, entre asustado de lo que pudieran hacerme y asqueado por su proximidad y semejanza. Pero, cuando comprobé que no me consideraban parte de su menú y, de hecho, me ignoraban, a veces tras identificarme y reconocerme como hermano, o hermanastro, de condición, comencé a actuar de otro modo con respecto a ellos. Ya que no actuaban como asesinos o rivales, podía aprovechar su falta de luces y objetivos en mi provecho. Los espantaba como si fueran moscas o molestias menores, los apartaba de lo que identificaba como posible comida, incluso golpeándolos o empujándolos de forma violenta pata alterar su camino. Eran lo bastante obtusos como para no reconocer que estaban en el lugar inadecuado. Igual podían cruzar ante mí a toda velocidad, prendados por cualquiera de los aromas, repugnantes y apetecibles a un tiempo, que también llegaban a mi olfato, como pasarse horas dando vueltas en círculo a mi alrededor, espantándome la caza o, simplemente, molestándome la vista o alterando la tranquilidad que buscaba. En general prefería mantenerme alejado de ellos. Me repugnaban. También me daban pena y me hacían recordar que yo había sido uno de ellos, perdida por completo la humanidad y convertido en poco más que una cosa, sin memoria de lo que un día fueron. Quizá todavía era uno de ellos y me asqueaban, temía su contacto por si pudiera ser contagioso y devolverme al anterior estado con una nueva, renovada, carga de infección o patogenicidad. Pero ya no temía su ira o sus mordiscos, no me imaginaba víctima de una orgía de sangre en la que yo era protagonista del menú.

«¿Y si todas estas cosas, igual que yo, recuperan un día su consciencia, su ser?», me preguntaba ya entonces y aún hoy me lo pregunto. Porque bien pudiera ser que esta recuperación parcial, horrible y maravillosa a un tiempo, es parte, después de todo, del curso normal de la enfermedad, ya que así contemplo yo ahora este horror que ha cambiado el mundo, con la carga de esperanza que siempre pone uno en aquello que no es del todo irreversible. Tal vez mi caso no era tan especial como yo, en ocasiones, lo percibía. Quizá tan solo era un adelantado, un pionero, un enfermo recuperado antes que los demás. O quizá ya había muchos como yo y únicamente tenía que encontrarlos. Al principio no estaba muy seguro de desear ese contacto, pues ya he dicho que hasta la fecha me sigue pareciendo repugnante cualquier íntima familiaridad con alguien como yo o de catadura semejante, pero creo que ahora, o más adelante si me lo encuentro, agradecería un compañero para quien no fuera enteramente un apestado sino un apoyo, un cómplice con quien elaborar planes, un amigo en las fatigas.

Y es que, con el tiempo, las esperanzas se han diluido. Nunca mueren o, cuando menos, no del todo. Sin ellas, ¿a qué aferrarse para no desear que todo acabe sin más? Nunca en el tiempo de mi resurrección, de este extraño renacer a una nueva vida, tan distinta pese a la sensación de identidad mantenida entre lo que fui y lo que soy, me he encontrado con nadie semejante a mí. Ningún Lázaro, nadie vuelto de la locura y la ausencia pero todavía impregnado de ese frenesí sensorial por la sangre y la carne embutido y prisionero de un envase pútrido como el mío.

No sé si seré único. Pero sí peculiar. Un caso aislado, en el sentido extenso del término. Quizá único en mi especie, como suele decirse, o tan solo separado de los muchos o pocos que hayan podido surgir en los meses transcurridos desde la llegada de la pestilencia, del contagio fatal. Aunque bien podría ser que hubieran existido otros y ya no. Que no soportaran este lamentable estado y hayan intentado acabar con tan penosa existencia. No sé si es posible o, como esos zombis mutilados y descompuestos que se ven por doquier, el hálito de vida, o lo que sea que constituye este estado, que los anima se mantiene al margen de la viabilidad de lo orgánico. ¿Tendrán vida los miembros amputados? ¿Los fragmentos parcialmente digeridos? Prefiero no pensarlo. Creo que sí podría morir del todo. Igual que el monstruo hecho trizas ya no se mueve y se lo puede pensar muerto a todos los efectos, por extraña que parezca la semivida de los fragmentos malamente compuestos que aún son capaces de arrastrarse y atemorizar a cualquier víctima o espectador de tal horror.

No quiero seguir elucubrando. Cierto o falso, me da miedo lo que se me pueda ocurrir. Lo que sí tuve claro desde aquella jornada de mi triste despertar es que el verdadero enemigo son los humanos no transformados. Tan fuera de sí, en cierto sentido, como los monstruos. Capaces, en aras de la autoprotección, de aniquilar a cualquier individuo transformado, olvidando que un día fue un humano como ellos. Quizá matarían a cualquier desconocido, sospechoso o no de estar contagiado y aun cuando no haya mostrado atisbo alguno de transformación. Y no los censuro porque yo haría igual para protegerme. Incluso de este estado mío imperfecto y a medio camino entre los dos habituales. Pero, por mucho que se sepan o se sientan en peligro, para mí, igual que para tantos desgraciados perdidos en su vacío, el verdadero peligro son ellos, los humanos. Los puros e inmaculados que no se plantean curar a nadie sino solo aniquilar a todos los contagiados y enfermos, incluso a los sospechosos. Acabar con la plaga por la vía de la extinción ajena. Asustados por la suya propia que intuyen posible y hasta cercana, pero también aplazable, preferiblemente por medio de un tiro entre las cejas del enemigo.

Aunque no lo quise asumir, ni aun hoy soy capaz de asimilarlo por más racionalizado que lo tenga, ya en aquellos tiempos iniciales de mi renacer tuve la prueba tangible y definitiva de que la convivencia entre unos y otros —humanos y zombis o, mejor, los medio recuperados como yo— iba a resultar imposible. No había componenda que pudiera llevarse a cabo para que me tolerasen entre ellos, igual que a ninguno se le ocurriría pasear desarmado en mitad de un festín de zombis tratando de ofrecer una paz que ni tenía sentido ni podían entender.

Tuve una prueba tangible de lo acertado de mi suposición al poco de aquel funesto encuentro inicial. Sucedió casi una semana después de mi despertar. Quizá habían transcurrido ya diez o doce días. La verdad es que ni entonces ni ahora he sido nunca muy estricto a la hora de llevar el cómputo del tiempo de mi dudoso renacer. No tiene mucho sentido mantener el calendario cuando cada jornada es solo igual, si no peor, que la anterior. Al menos la falta de alicientes es, o me lo parece, menos dolorosa sin referencias temporales. Sea como sea, el caso es que ya había tomado confianza suficiente como para disputar el espacio a los monstruos. Me sentía capaz de dominarlos por la sencilla razón de que me ignoraban y jamás se mostraban no ya violentos sino mínimamente interesados por mi presencia. Como igual suyo, o casi, no les servía de comida ni parecían considerarme competidor o estorbo, si es que tales consideraciones caben en la cabeza hueca de un zombi. No sé si en mi comportamiento también quedaba un absurdo e inconsciente deseo de venganza, como si culpase a toda aquella raza desdichada de lo que a mí me sucedió. Más bien, tengo para mí que la manera en que me conduzco nace de otro deseo irracional: el de marcar diferencias con ellos. Me parezco, sí, pero mantengo una mente sensible y racional que me hace distinto en lo esencial. Y quizá por ello tiendo a cosificarlos, a borrar lo poco que queda en ellos de humanidad, aunque solo sea como recuerdo. Y los trato a patadas, a empujones. Literalmente. Los aparto como si fueran trastos viejos que me estorban, piedras del camino que dificultan mi caminar. Lo hago con violencia. Más de la necesaria. Porque es cierto que no entienden ni tendría sentido darles explicaciones de mis actos o mis deseos. Pero me doy cuenta de que empleo más contundencia de la precisa para retirarlos de mi camino. Igual que los insulto o me burlo, sabiendo que no pueden entenderme. No los ataco sin más, ni me dedico a eliminarlos como hacen ciertos exterminadores humanos que también a mí me persiguen porque me confunden con los otros. Y acepto como cierto que sí me tomo venganza sobre estos pobres desgraciados, pero no por haberme mordido, sino por recordarme en qué me he convertido y qué quiero ser. No es justo ni racional, lo sé. Pero creo que muchas veces no soy capaz de controlar mi ira ni menos aún mi frustración.

Y siento rabia también. Porque ahora comprendo que huir de esta ralea de monstruos descerebrados es relativamente sencillo. Que usar el cerebro, observarlos y estudiarlos, podía haberme salvado la vida, la anterior, si hubiera aplicado ese conocimiento en vez de dejarme invadir, como todos, por el absoluto pavor, el terror ciego que obnubila la mente tanto como la propia enfermedad, te paraliza, te mueve a tomar decisiones equivocadas, exponerte y convertirte en presa, enfermo o, como en mi caso, desdichado convaleciente sin aparente posibilidad de total recuperación. Sospecho, sin embargo, que este análisis mío es imperfecto y no solo por estar contaminado de una absurda prepotencia sino porque me doy cuenta de que, buscando culpables de lo que me sucedió, siempre veo más sencillo responsabilizarme a mí mismo por torpeza o desconocimiento. ¿Será que últimamente me tengo en demasiada poca estima? Por imbéciles que sean los monstruos, no parece tarea sencilla escapar de ellos cuando te rodea un ejército hambriento y no posees armas ni lugar donde esconderte.

Tuve, como digo, una oportunidad para comprobar que podía manejar a los zombis. En aquella ocasión no me dediqué a racionalizar. Observé y actué. Tal y como me pareció necesario hacer. Y no lo hice, también esto lo confieso, por un imperativo moral o por sentirme obligado a ayudar. Lo hice por mí, para encontrar una vía de aproximación, un puente con lo que fui y se me alejaba. Ya anticipo el resultado: no funcionó y me hizo sentir aún peor. Aunque tengo claro que, si se me presentan circunstancias semejantes, procederé de idéntica manera, sea cual sea el resultado para mí. De otro modo no podría aferrarme a los restos de humanidad que me esfuerzo por conservar.

Todos los días de mi despertar habían sido de completa soledad y ello suponía una carga que comenzaba a hacerse muy pesada. Temía dejarme arrastrar por la locura, casi peor que la ausencia de humanidad, pensamiento y sensaciones, que padecían los monstruos. No, no quería convertirme en uno de ellos, negación de mí mismo. Y no veía una salida clara a mi situación, más allá del vago deseo de reingresar entre los humanos, no solo en pensamiento sino también en conformación y reconocimiento por su parte. Hasta que la vi a ella. Una mujer joven y en peligro. Terriblemente asustada y a punto de mostrar emociones humanas por última vez.

Eso sí, que nadie piense en términos románticos de enamoramiento o flechazo. La joven, puesto que se trataba de una mujer de unos veinte años, no era mi tipo: ni por aspecto o figura al principio ni por carácter o inteligencia después. Pero si actué no fue por su guapura o donaire sino porque ella todavía era humana cuando la vi y no podía consentir que mi inacción privase a una mujer joven de su vida y a mí de su compañía.

Quizá, como esos viejos que se emparejan con muchachas jóvenes más atraídos por su lozanía que por su hermosura y que tal vez pretenden, aunque no sea racional, que la propia juventud se les adhiera y transmita, yo me sentía atraído por su humanidad en peligro, como si salvarla y acercarme a ella, interactuar con aquella joven humana desconocida, me contagiase algo de su humanidad, no en un sentido espiritual, por comportarme como humano, sino en lo material: que mis acciones y su presencia me convirtieran físicamente en humano, de hecho y con carne, piel, aspecto indudablemente humanos.

Sobra decir que no lo conseguí. Convertirme en humano, quiero decir. A la mujer sí que la salvé. E interactué con ella. Incluso la acompañé un trecho, no sé si como protector o cobrándome esa recompensa sin solicitar permiso. Eso sí, el trayecto común y la compañía distaron mucho de ser agradables o apenas tolerables. No lo fueron para ninguno de los dos. Ella manifestó ostensiblemente su desagrado desde un principio. Hasta el punto de que mi presencia no le compensaba la mucha o poca protección que yo pudiera ofrecerle, aun cuando la hubiera salvado de un destino peor que el mío, de la muerte o de esa calamitosa no-muerte que afecta, según mi experiencia, a la casi totalidad de los infectados, globalidad de la que debo ser restado yo mismo. Por mi parte, yo no hice aspavientos e intenté suavizar la situación. De veras que me propuse hacerme su amigo, conseguir que me tolerase y hasta agradeciera mi conversación. Inútilmente. Para ella ir a mi lado debía de ser como mantenerse en compañía de su más que posible asesino. Mi permanencia junto a ella, mi insistencia en acompañarla, era interesada, por más que incómoda, quizá más para mí que para la chica, pese a sus gestos ostensibles y sus melindres que tanto contrastaban, creo yo, con mi paciente silencio. Pero es que yo necesitaba ser reconocido como humano. Esa era la primera y principal parte de mi interés aunque no quisiera confesarlo, ni tan siquiera ante mí mismo, no entonces. El segundo propósito, tan difícil de realizar o más que el primero, según pudo comprobarse, era que yo consideraba su compañía el vehículo necesario y apropiado para poder introducirme en un asentamiento humano y, quizá, ser aceptado, recibir ayuda, afecto, al tiempo que entregar, quizá, si es que algo podía hacerse, mi preciado don de la recuperación, por más parcial e imperfecta que fuera. No cumplí ninguno de mis objetivos y me temo que ni siquiera me gané el agradecimiento de la mujer a la que había salvado de un destino terrible, la muerte o algo peor en la forma de aquella infernal resurrección de la carne sin verdadera alma humana, sustituido el espíritu por el mero impulso de la bestia.

ENCUENTROS EN LA TERCERA FASE

Sé que es una película antigua. Bastante mala, me temo, y que no ha envejecido demasiado bien pese a su famoso director, o tal vez precisamente por su autoría y la búsqueda recurrente de lo espectacular y la emoción fácil. Tan lejos de los clásicos como el director pretendía parecerse a ellos. Y, sin embargo, yo guardo un buen recuerdo de aquellos «Encuentros en la tercera fase», con extraterrestres casi de tebeo y abducidos absurdos o creyentes obsesionados, como el lunático que reconstruye la escena del encuentro con una montaña de puré de patatas.

Pero no puedo guardar un buen recuerdo de mi particular encuentro en la tercera fase, mi experiencia iniciática de contacto. Será porque yo era el extraterrestre y la humana a la que salvé quedó tan espantada de mi presencia como de la de los monstruos, otros extraterrestres inhumanos como yo, los zombis que la perseguían con la clara intención de devorarla y convertirla en parte sustancial de su poco elaborado menú.

Se llamaba Lisa. Aun eso tardé algún tiempo en descubrirlo, en sonsacarlo como si en vez de intercambiar información estuviera agrediéndola de un modo terrible. Yo llevaba varios días deambulando por la zona. Sin un objetivo fijo ni una ruta que seguir. Explorando el exterior mientras trataba de descubrir lo que todavía quedaba dentro de mi cabeza confundida. Había caminado ya lo suficiente, vivido las experiencias necesarias y afrontado encuentros bastantes como para no temer ya a los zombis, aunque sí odiarlos aún más que cuando no podía evitar considerarlos mis semejantes y sentir pena por ellos —el extrañamiento, esa es la semilla del odio y yo la sembré bien a propósito—. Había aprendido a manejarlos, ya fuera para espantarlos o aprovecharme de su estupidez, ya para quedarme algún objeto que portaban o con el fin de usarlos como inconscientes aliados mientras procuraba pasar desapercibido en un posible encuentro con humanos convertidos en cazadores o depredadores, siendo los peleles o yo mismo las posibles presas.

Era fácil hacer que cambiaran su trayectoria o ponerles trampas. Más aún lo era engañarlos y hasta pasar desapercibido en su presencia. Esto último solo para mí, ya que mi olor no me delataba o les hacía identificarme como uno de ellos mientras que se borraba cualquier interés de su parte hacia mi persona. En general no percibían aquello que no se movía, con lo que me bastaba detenerme entre ellos para que pasaran por mi lado como si yo fuera una roca o una parte insustancial del paisaje. A los humanos normales aquello no les servía. No sé si olían su carne y su sangre, su ira o su miedo, pero los perseguían con saña hipnótica, ansiosos por desgarrarlos con sus manos o hincarles el diente con sus bocas pútridas. Ya lo había presenciado en un par de ocasiones y pude confirmarlo cuando los vi, a lo lejos, persiguiendo a Lisa. Yo, al principio, no sabía que era una mujer joven. Solo me di cuenta de que los monstruos estaban alterados y habían aumentado el ritmo de sus movimientos descoordinados para avanzar en una dirección concreta y con un objetivo: atrapar algo que resultó ser alguien, concretamente Lisa.

Yo era consciente de que quienes más miedo me causaban eran los que me afanaba en considerar mis semejantes. Afines más por vocación mía que por esencia. Unidos, a mi parecer, por el espíritu, o la inteligencia. Pero que en mí solo veían un enemigo. Más una alimaña a la que se debe exterminar que un rival al que combatir. Quizá por eso, desde el primer día de mi despertar y el fatídico encuentro con los tiradores humanos que se negaron a parlamentar conmigo, comencé a tener pesadillas en las que individuos violentos e iracundos me perseguían. Mi sueño se volvía agitado y el reposo dejaba de serlo cuando me despertaba sobresaltado y sudoroso, invadidas mis embotadas fosas nasales por un olor intenso a putrefacción que, bien lo sé, procedía de mi lamentable persona, no sé por qué extraño efecto del terror en mi metabolismo. En los sueños veía caras humanas aunque no reconocía a nadie. Todas me miraban con tanta fijeza como odio. Igual que en una película antigua en la que la criatura de Frankenstein era acosada, perseguida y acorralada por una turba de labriegos indignados y coléricos, dispuestos a descargar toda su ira sobre el desgraciado monstruo, yo en el sueño tenía que huir de los asesinos humanos deseosos de lacerarme y mutilarme aún más, de destruir mi cuerpo para apaciguar su odio, quizá también su asco. Tales pesadillas se alternaban, por lo general, con mis sueños o memorias del nebuloso pasado en el que yo era zombi y me comportaba como tal, sustituida la mente por el automatismo y el instinto asesino. Curiosamente, las pesadillas se hicieron más frecuentes y horribles desde la jornada en que me convertí en salvador de Lisa y recibí igualmente su odio antes que un gesto de agradecimiento. Sus palabras, que pretendían ser cordiales y educadas, podían engañar. Sus gestos, sus reacciones corporales ante mi presencia, no podían ser malinterpretados. La mujer a la que había salvado no soportaba mi compañía y mi simple proximidad le causaba tal desazón que se revolvía internamente y era incapaz de ocultar el profundo asco y el odio irracional que le inspiraba.

Debo confesar que la presencia de la mujer también me incomodaba. Como que su reacción ante mi salvación y su lenguaje corporal hablaban del rechazo que yo le causaba, podría decir que mi animadversión provenía de aquella hostilidad suya, injusta e inmerecida. Pero sería falso. Su presencia me desagradaba, su aspecto tanto como su carácter. No sé si eran peores sus melindres o su estupidez. Mi deseo de compañía humana, lejos de quedar satisfecho, se incrementaba en su presencia, pues ella no era el tipo de persona que yo deseaba a mi lado. Quizá era porque sus rasgos, más allá de su juventud y lozanía, me desagradaban. Me parecía fea y mal conformada, torpe y estúpida, además de obtusa. La animadversión, pues, era mutua. Pero yo que, en principio, la había salvado sin pensar demasiado en lo que luego sucedería, debía admitir que, pese al rechazo, deseaba mantenerla a mi lado. Desde mi punto de vista, la necesitaba. El egoísmo que no había manifestado al salvarla, altruista y desinteresadamente, lo asumía ahora, al convertirla en herramienta y vehículo para acercarme a los otros humanos, para reintegrarme en un pueblo o una ciudad, ser aceptado y, con algo de suerte, ayudado en mi búsqueda de la curación definitiva, culminación de la mía en proceso e inicio, según lo quería imaginar, de la de tantos desgraciados que aún deambulaban inconscientes de su propia degradación.

Aunque signifique adelantar acontecimientos, a nadie sorprenderá si confieso que fracasé en mis intenciones respecto de ella. Tan solo aumentaron el desagrado y la mutua incomodidad, hasta convertirse en desazón y animadversión. Ni ella fue vehículo de mi salvación ni yo, después de actuar como salvador, pude ser su apoyo o compañero. Y no sé quién de los dos terminó por repugnar más al otro, pese a lo cual me mantuve a su lado, prolongando el desagrado mutuo y cierta protección mientras nos dirigíamos a lugar seguro. Seguimos así hasta que la convivencia se tornó imposible aunque, por fortuna para ambos, ello sucedió con un refugio tan próximo como para que la joven no arriesgase demasiado al abandonar al monstruo que la podía defender de los demás engendros.

La salvación fue sencilla. Demasiado. A la muchacha gruesa y torpe que tropezaba y se atascaba cada dos por tres en su horrorizada carrera por escapar de sus espantosos perseguidores solo la olfateaban un par de monstruos. Quizá si la carrera hubiera sido más larga el olor, el miedo o ambos —más bien el olor del propio terror de la joven— habrían atraído a más criaturas. Las dos bestias cazadoras, pese a su estupidez y sus movimientos espasmódicos, se aproximaban a la humana histérica que vociferaba con ojos inyectados de espanto en una actitud tan poco honrosa como perjudicial para ella, por cuanto que servía de reclamo para cualquier zombi de las proximidades. Por fortuna para ella, su último error significó su salvación. Empezó a retroceder de espaldas, tratando de no perder de vista a sus perseguidores. Entonces trastabilló y se cayó al suelo, sobre el trasero y luego cuan larga era. Trató de alzarse pero, en cambio, se sentó, se cubrió la cara con las manos y empezó a gimotear impotente justo antes de caer en el silencio y quedarse paralizada por el terror. Esa pausa me permitió acercarme a los dos monstruos. A uno lo aparte de un golpe con una rama que recogí del suelo. Al otro lo encaré y le solté, como ya había hecho antes, un grito gutural y amenazante que lo asustó lo suficiente como para hacerlo huir momentáneamente. Yo le había demostrado que era más fuerte y reclamaba mi presa, como cualquier animal. De seguido, me acerqué a la joven, que seguía agachada y encerrada en su mutismo, sin siquiera haberse hecho consciente de mi presencia y lo sucedido, y la grité:

—Levántate o vendrán más. Ponte a mi lado y yo te defenderé.

Hubo un instante de duda, un temblor seguido de sonoro sorber de mocos y luego la muchacha alzó la vista. Su gestó de momentánea esperanza se trocó en pavor, temiendo caer de la sartén al fuego.

—No tengas miedo. No soy uno de ellos. Soy humano, pese a mi aspecto —me reafirmé— y voy a salvarte.

No sé si la convencieron mis razones o la vista de los otros dos que regresaban, no sé si con intención de reclamar su parte de la presa o simplemente movidos por el instinto ante el olor de carne fresca. La chica se puso en pie, temblando de pies a cabeza y, sin rozarme siquiera, se colocó tras de mí. Yo alcé mi improvisada vara y asesté con ella un terrible golpe al primer zombi, que cayó al suelo, aún más maltrecho que antes de acercarse. El siguiente zurriagazo rasgó la fea cara del segundo, que perdió uno de sus ojos ya cegado antes por la enfermedad y la falta de consciencia. Sin tocarla, la animé con un gesto a avanzar y alejarnos mientras mantenía a raya a las dos criaturas, ninguna de las cuales, tras el tratamiento recibido, hizo el mínimo ademán de disputarme la presa. Ella, la joven, debía de pensar también que yo era otro depredador, atraído por la promesa de su sangre, de su cuerpo o por algún oscuro deseo sexual, tal era el espanto que se reflejaba en sus ojos cuando nos detuvimos tras aquella improvisada huida. No sé qué fue primero, si el asco o la lástima. Su aspecto desvalido y derrotado movía a la compasión pero, al mismo tiempo, me hacía verla como menos que una persona. La había salvado y ella me miraba como un monstruo. No la puedo culpar por ello. Sé cuál era mi aspecto. Pero me dolió su ingratitud y, al mismo tiempo, su miedo insuperable me hacía verla con ojos menos amables.

—Si quieres vivir una noche más, sígueme —le dije, sin más, y eché a caminar en busca de refugio.

No quise mirar atrás. Temía ver el horror y el asco reflejados en sus ojos. No deseaba enfrentar su mirada reprobatoria ni su aparente pusilanimidad. El caso es que no fue tan estúpida como para alejarse de mí. Al menos no me temía a mí tanto como a la soledad y los horrores desconocidos y previsibles que albergaba. Me siguió hasta una casa abandonada donde nos cobijamos. Allí pudimos hablar, descansar y, ante todo, fomentar nuestra mutua aversión, una suerte de civilizada enemistad o tregua mantenida de forma interesada por parte de ambos. Yo no la tragaba a ella pero estaba claro que ella me temía además de que yo le repugnaba hasta el extremo. Solo que no había otro demonio menos hostil que yo al que aferrarse para buscar su salvación.

Creo que la primera noche no pegó ojo. Ni se dignó hablar conmigo, siquiera para preguntarme quién era yo o qué pintaba por allí. Por mi parte sí que lo intenté. Después de tantos días de soledad habría hablado con el mismísimo demonio. Ella no me caía bien, pero era alguien, una compañía con la que interactuar. Y aún más importante era mi necesidad de conseguir información, de comprender qué había sucedido en el mundo durante mi prolongada ausencia y, todavía más necesario, hacia dónde debíamos o podíamos ir y qué podía esperar encontrarme al llegar. Pero nada. La muy boba —y bastante maleducada— no se dignaba responder. Se limitaba a encerrarse en un extraño ensimismamiento y a lanzarme esporádicas miradas de auténtico temor. Yo no podía imaginar que días más tarde, cuando se dignó hablar y destilar educadamente su bilis, iba a echar de menos esa primera jornada de silencio.

Entiendo que estuviera asustada, fuera de sí incluso, desbordada por la situación que, cuando me la relató, resultó aún más espeluznante de lo que ya parecía. No solo era que la persiguieran aquellos autómatas sanguinarios a los que yo espanté. Sucedía que su huida venía de atrás, varias horas que debieron hacerse eternas y sentirse espantosas. Lisa viajaba en coche con tres amigos. No creo que fuera por placer. Nadie lo hace hoy en día, por loco que esté. Pero ella no me describió los antecedentes y solo puedo especular, aunque no parece que se encuentren muchas opciones razonables acerca de sus motivos. Las dos más sencillas serían la huida desde un lugar que ya no era seguro, una ciudad repentinamente infestada de zombis o rodeada por ellos sin posibilidad de salvación o bien la búsqueda de un mejor refugio, una oportunidad nueva que se presenta como contrastada aunque el refugio previo no peligre realmente ni la mudanza sea urgente. También podría ser una obligación de prestar ayuda, una enfermedad que requiere tratamiento en otro lugar o que la razón del desplazamiento fuera cualquier motivo estrafalario. El caso es que el coche se estropea. No sé si se queda sin combustible, si le fallan la mecánica o la electrónica, si encuentran el camino cortado, si lo asaltan y estropean las criaturas ávidas de sangre o tienen un accidente absurdo por un despiste. Da igual al final. El caso es que se ven obligados a abandonar el vehículo y afrontar el último tramo a pie. Una pradera aparentemente desierta por la que avanzan armados y temerosos, con ocho ojos atentos y cuatro corazones desbocados. Hasta que se les cruza una cuadrilla de monstruos que los atacan. «¡Pam, pam!», defensa a tiros que acaba con unos cuantos eliminados al tiempo que atrae a muchos más. Dos valientes que tratan de defenderse y son atrapados y devorados por la turba irracional. Otros dos, un chico y Lisa, que echan a correr, no sé si son novios, amigos o perfectos desconocidos obligados a la proximidad por las circunstancias, como ella y yo ahora. Lisa no ha especificado su relación. Pero les salen al paso otros pocos zombis. El chico dispara una y otra vez. Lisa dice que también, aunque yo me la imagino corriendo y disparando a lo loco, si es que lo hace, antes de perder el arma o tirarla cuando se queda sin munición. El tipo también corre y parecen a salvo. Hasta que él comienza a sufrir extraños temblores que se convierten en convulsiones. ¡Se está transformando y ella lo sabe! Ahora ve la herida en su brazo de la que él quizá no es consciente, aturdido el dolor por el aluvión de hormonas generado por el estrés. Cuando el que era compañero, ¿amigo o novio?, la mira con sus ojos ciegos y vacíos mientras solo balbucea incoherencias, ella echa a correr, casi llorando, de terror e impotencia, sin fijarse mucho hacia dónde va. Se detiene con el corazón desbocado porque se siente momentáneamente a salvo, sin perseguidores zombis que la acechen. Pero está sola y confundida, igual que se sabe en peligro, consciente de su repentina situación de indefensión que no tarda en materializarse cuando aparecen un par de nuevos zombis, guiados por su olfato, la vista atrofiada o el puro azar. Lisa vuelve a correr. No es realmente consciente del cansancio ni de la repentina torpeza de sus músculos, pero sí de que está perdida. Y entonces, cuando la esperanza parece que huye sin remedio e intuye que la caza está tocando a su fin, a punto de convertirse en presa, aparezco yo, espanto a los monstruos y la salvo, al menos por ahora, de su cruel destino, no muy distinto al que yo padecí y con solo dos posibles finales, a cuál peor, morir devorada por aquellas cosas o transformarse en una de ellas. Entiendo, pues, su miedo, su mutismo, su inicial parálisis y hasta el gesto de asco que me dirige y mantiene durante horas. Pero no puedo comprender su falta de agradecimiento ni su odio, por más que yo, externamente, no me diferenciara demasiado de las espantosas criaturas que pretendían incluirla en su menú.

Ambos permanecimos juntos durante varios días, por mutuo interés y a pesar del rechazo manifiesto. El acuerdo, tácito en la forma, pues no se verbalizó ni formalizó, pero claro en el fondo, era permanecer juntos hasta que llegáramos a la ciudad. Para que ella hallase allí la protección que ansiaba, no sé si el resto de proyectos originales que justificaron el viaje malogrado conservaban para la joven alguna importancia. Y para que yo también pudiera integrarme en el mundo de los humanos a través de su desagradable compañía. Debo señalar que ella rompió aquel trato sin firma pues, la víspera de nuestro ingreso en la ciudad, más confiada en la proximidad de sus semejantes que en la posibilidad de que yo le sirviera de ayuda o protección ante una amenaza que, por alguna razón, ahora debía percibir más remota, como si la cercanía de un núcleo humano significara la completa vigilancia y exterminio de los monstruos en los alrededores. La noche no fue de reposo para ella. Mientras yo dormía, Lisa se marchó sin despedirse. Sus huellas en el suelo me dejaron claro que sus pasos la llevaban hacia la ciudad. ¿Tan segura estaba de que no me vería por allí? Más bien le daba igual tropezarse conmigo que no, como si fuera incapaz de sentir vergüenza por su comportamiento o, más probablemente, no pensara que me debiera ningún agradecimiento y, en consecuencia, la vergüenza estuviera fuera de lugar.

No se equivocó en un detalle: por el momento, no me atreví a hacer el ingreso en la ciudad. Sin su compañía, volvía a sentirme intruso entre los que deseaba considerar mis semejantes y, a qué negarlo, el miedo a que me dispararan o lincharan antes de que pudiera presentarme en sociedad, paralizaba, al menos por el momento, mis planes inmediatos. Lo cierto es que, pese a mi consecuente enfado, creo que tampoco habría cargado las tintas sobre mi impresentable compañera de fatigas. Claro que tampoco tuve ocasión de comprobarlo puesto que nunca la volví a ver, ni por allí ni en ninguna de las posteriores etapas de mi periplo. No deja de ser curioso que buscase la protección de los que fueron mis semejantes y al tiempo los temiera tanto como para rehuirlos. El hecho de que me atreviera a presentarme ante ellos como su posible salvador, como opción cierta de curación tal y como yo me veía, tampoco implicaba que los habitantes del lugar no fueran a descerrajarme un tiro en mi fea cara nada más verme o siquiera tras intuir mi presencia, sin haber mediado palabra. Si ella, a la que ciertamente había salvado, me había abandonado sin aprender a soportarme, ¿qué no harían los desconocidos que se pensaban seguros tras sus muros? Yo era el enemigo, puesto que lo parecía. Y, sin un salvoconducto en la forma de una compañía convincentemente humana, no estaba dispuesto a arriesgar mi estropeado pellejo para disfrutar de la compañía de otros humanos. Si aquello significaba seguir peregrinando, era asunto que todavía tenía que determinar. Por el momento, me entretuve dedicando cuantos insultos acudieron a mi mente a la desagradecida que me acababa de dejar tirado.

Deambulé como un zombi o un imbécil —¿como el zombi que aún aparentaba ser?— por los alrededores de la ciudad, no sé si buscando ánimos para entrar o para marcharme definitivamente de allí, quizá con el deseo de cruzarme con algún lugareño e intercambiar un saludo por ver qué animo se respiraba en aquella ciudad, si me devolvían palabras o balazos. Hasta que me cansé de aguardar y huir, sin poder remediarlo, cada vez que percibía que se acercaba una presencia humana y temía por mi lamentable existencia. Entonces me fui. Decidí proseguir más hacia el norte, tal y como era mi idea original y pretendiendo dar por buenos los comentarios de mi excompañera respecto a los vagos rumores de que por allí la plaga había golpeado con menos rudeza. Como siempre es agradable imaginar que existe una tierra de promisión, me encaminé hacia allá, deseoso de lamer y curar las heridas de mi alma al tiempo que me engatusaba con la posibilidad de que aquellos relatos fueran lo bastante reales como para que mi presencia no causase tanta incomodidad y rechazo como hasta ahora.

AÑORANZA DEL PASADO Y DE UN FUTURO

Yo nunca había sido una persona espiritual. No pensaba en el más allá, sino en el aquí y el ahora. Tampoco es que la transformación me hubiera traído más profundidad del pensamiento, del alma o fe, ni en cualquier religión ni mucho menos en mis semejantes. Pero sí que había empezado a pensar algo más en la muerte, tanto la que ya había padecido durante mi completa alienación tras la infección como la tradicional con su porción de dudas acerca de alguna existencia ultraterrena o la fusión con el más inconmensurable de los vacíos hasta asumir la desintegración completa y absoluta de la identidad propia y todo lo que has sido: hechos, sentimientos, obras o las tenues huellas de tu paso por el mundo.

En ocasiones, llegué a intentar comunicar con mis muertos, como si fuera un indígena primitivo tratando de hablar con todos los ancestros que me habían precedido. Quizá era una manera de rezar para un no creyente como yo. Absurdamente, me ponía a hablar en silencio o incluso en susurros con seres que yo sabía muertos y enterrados, al contrario que los espantajos que deambulaban ahora a mi alrededor. Suponiendo que podían, de algún modo, escucharme, quizá brindarme cualquier tipo de ayuda espiritual y mágica, aunque fuera solo la de prestarme atención desde aquel insondable más allá en el que nos empeñamos en creer, por más improbable o inaccesible que lo supongamos. En ocasiones, la treta de la comunicación imposible resultaba efectiva y me sentía acompañado, siquiera por breves instantes. Obviaba el hecho innegable de que, puestos a oír, los monstruos que me rodeaban al menos conservaban la capacidad auditiva y la nada desdeñable virtud de ser entes materiales. Pero no pretendía ser oído por los zombis, pues daba por sentado que me prestarían, todo lo más, la atención que se presta a un almuerzo o a un objeto secundario del paisaje por el que nos desplazamos, ya que a mí no parecían percibirme como parte de su menú. Quizá habrían sido capaces de entender algo de mi cháchara desde el fondo de aquella nube de sangre en la que yo mismo me sentí ahogado una vez. Pero eso mismo me inquietaba y me desanimaba aún más a la hora de convertirlos en mis circunstanciales oyentes. Me resultaba más tranquilizador hablar con fantasmas, con recuerdos de los ausentes que, casi con total seguridad, habitaban solo en mi cabeza, como una parte de aquel pasado mío, feliz en la memoria, que no había sido testigo de mi destrucción y la podredumbre que aún me acompañaba en esa fase de mi supuesta recuperación. Me resultaba más fácil encontrar consuelo en los ausentes, más sencillo suponer alma y sentimientos a las sombras de seres que fueron antes que a las cáscaras vacías con las que me tropezaba una y otra vez. Quizá la única forma de permanecer impertérrito ante la desgracia de tantos era despersonalizarlos, olvidar que tiempo atrás, en una época menos lejana en el calendario que en el recuerdo, fueron seres humanos completos, lejos de los despojos actuales y ni tan siquiera semejantes al híbrido repugnante en el que yo mismo me había transformado.

El lenguaje es peculiar. Y aún lo es más el modo en que lo usamos. Los giros asumidos como normales y la manera en que somos capaces de retorcerlo, en muchas ocasiones sin apenas darnos cuenta de ello. Es curioso que, tan espirituales como presumimos ser los humanos, cuando uno se queda triste y hundido, se siente descorazonado, tomando por autor de los sentimientos al mero motor del cuerpo. Y, sin embargo, si nos falla ese espíritu huidizo e inmortal al que siempre queremos aferrarnos, el alma puede dolernos, claro que decir de alguien que es un desalmado tiene un significado por completo diferente. Yo había sido un desalmado mientras duró mi transformación completa. Y ahora que era un ser fronterizo, con mi espíritu humano habitando este cuerpo pútrido de zombi, solo podía sentir pena por los verdaderos desalmados, por esos seres descarnados y vacíos que pululaban por doquier y que resultaban tan terribles como patéticos y lastimosos. No vivos, no muertos, no hombres. Extraños autómatas carentes de alma.

Otro en mi lugar, al contemplar a aquellos espantajos deambulando, podía sentir asco o una pena indefinida. Quizá, más cómodamente para su conciencia, podía determinar que ya no quedaba en ellos nada de los humanos que una vez fueron y, quizá, darlos por completamente muertos, sus almas perdidas de forma definitiva. Con tal pensamiento, quizá convicción, había quien podía dedicarse a cazar zombis sin sentir una pizca de culpabilidad, como divertimento. E incluso alguien con corazón, pese al dolor de contemplar la ruina ajena, les arrancaría sin dudar ese último hálito de vida imperfecta, carente de consciencia y memoria, pensando que hacía un bien a aquellos desgraciados librándolos para siempre de una existencia aberrante. Pero no yo, que había sido uno de ellos y comprendía que la transformación no era definitiva, como tampoco la pérdida y el olvido. Me decía que mi lástima por ellos era más cercana y sentida. Yo fui uno de ellos y comprendía la niebla de su mente, la inconsciencia de su brutalidad animal. Sabía que, en el fondo de aquellos despojos, aún debía de quedar el germen de los humanos que fueron y me espantaba que a la ruina de sus almas, que pensaba recuperables, se solía unir la de sus cuerpos maltrechos y tumefactos. Deseaba salvarlos, pero temía recaer en mi mal, que era el suyo, y, pese a todas mis buenas intenciones, tenía más que claro que no estaba dispuesto a sacrificar mi atisbo de humanidad ni mi bienestar por facilitar una esperanza de remedio a aquellos miserables. En el fondo, por lo que eran y lo que me recordaban, los odiaba de todo corazón. Aun hoy lo hago, solo que ya me atrevo a confesármelo. Lo que no significa que no me causen lástima y no desee recuperar el humano perdido en el interior de cada monstruo. Así, me descubrí mezclando mi pena y mi empatía con mi instinto de conservación y, para qué negarlo, el egoísmo de un verdadero desalmado. Tenía claro que traicionaría a cualquiera, empezando por aquellos zombis patéticos, con tal de reintegrarme al mundo de los humanos como miembro de pleno derecho.

Por el momento, sin embargo, las huellas de la enfermedad me delataban. Mi aspecto demacrado, el olor pútrido que me acompañaba, mis llagas abiertas y supurantes, me negaban la entrada a cualquier reducto civilizado. Siempre levantaría sospechas y arriesgaría mi precaria existencia en caso de intentar relacionarme abiertamente con mis semejantes. Presentarme ante los otros en compañía de una humana rescatada por mí y que diera fe de mi humanidad, por incompleta que fuera, podía franquearme la entrada a un pueblo y la confianza de algún humano. Presentarme como vía para hallar una salvación definitiva, la cura completa, podía resultar sugerente. Pero no era tan ingenuo como para suponer que pudiera ser recibido con los brazos abiertos por cualquier humano que desconfiaría, con razón, de mi aspecto. Yo mismo, más a menudo de lo que me gusta reconocer, sentía escalofríos al contemplarme en un espejo o ver mi reflejo en el agua. Tanto como mi lamentable aspecto, me espantaba la idea de que mi aparente cura fuera solo un paréntesis de la enfermedad, la antesala a una recaída brutal y definitiva. A fuerza de ser sincero, tengo que admitir que ese temor me acompaña incluso ahora que ha pasado el tiempo, y es causa de que en ocasiones me asalte el insomnio o me despierte, en mitad de la noche, abrumado por la espantosa pesadilla en que vuelvo a sentirme zombi y espectador de mis propias atrocidades, no sé si rememorando en sueños lo que hice o fantaseando desde lo más profundo de mi subconsciente acerca de lo que pudo haber sucedido.

Hablaba con mis muertos. Yo que nunca fui creyente. Que no visitaba los cementerios, ni en las fechas señaladas para recordarlos ni en cualquier otra ocasión, apenas alguna vez por puro compromiso, familiar o profesional. Que no pensaba en mi propia muerte ni en la posibilidad de un nebuloso más allá. Creo que esto último era porque me incomodaba descubrirme pensando en mi provisionalidad e intrascendencia, más que por pura ignorancia o juventud. Ahora que no era completamente humano y los seres queridos perdidos tiempo atrás parecían más lejanos, e idealizados por tanto, era cuando me ponía a hablarles. Quizá porque, realmente, no tenía nadie más con quien hablar y estaba cansado de mis soliloquios. Mejor, tal vez, hablar con fantasmas antes que volverme completamente loco. Claro que, ante esta realidad absurda que nos había tocado vivir, no era fácil permanecer del todo cuerdo ni resultaba sencillo definir en qué consistía la locura o que rasgos delataban que uno era víctima de cualquier clase de demencia o trastorno mental. ¿Qué psicólogo podía tratar a un paciente frente al terror y la repugnancia de los zombis?

Solo quedaba seguir adelante o detenerse de una vez. Tirar la toalla no entraba en mis planes. Por más que la vida, la mía en particular, me pareciera horrible por primera vez desde que tenía uso de razón. Por más asco que sintiera de mí mismo y más dudas acerca del futuro. No iba a suicidarme o dejarme derrotar, devorar, acribillar o diseccionar sin más. Aún conservaba esperanza y tenía ganas de recuperar mi otra vida, aunque aquello me obligara al desagradable esfuerzo de sobreponerme al desánimo y pelear una y otra vez para conseguirlo. Aunque fuera un ser solitario y pútrido, enfrentado a un mundo hostil donde lo menos peligroso para mí era la presencia de los zombis desalmados que ignoraban mi presencia.

La desesperación no provenía de la proximidad de los monstruos ni de mi semejanza con ellos, no directamente al menos. Si me sentía hundido era porque temía no poder reintegrarme al mundo de los humanos. Los temía, creo que con razón, porque sabía que era más probable que me aniquilaran sin preguntar, o incluso después de hacerlo y meditar su respuesta, en lugar de aceptarme o tratar de ayudarme. Yo, el monstruo, ex-monstruo quizá, los veía a ellos como auténticos monstruos, enemigos irracionales que me causaban mayor pavor que aquellos lamentables zombis que me ignoraban y pasaban como tristes sombras, tristes fantasmas encarnados en carne escasa, descompuesta, y carentes de cerebro. Mis semejantes debían ser los humanos. Pero, para ello, necesitaba asemejarme a un humano. Perder el color, las llagas, el nauseabundo olor de la muerte. Aunque probablemente eso no lo lograse nunca, ni podría contar con la ayuda de los hombres para acelerar o perseguir la curación. Y, sin la compañía de otro humano, sin la gorda a la que mi presencia le repugnaba tanto como para borrar el agradecimiento, sentía que se me negaba la entrada a pueblos y ciudades, que acercarme o tratar de cruzar el invisible umbral significaba jugarme mi deleznable e irrenunciable existencia. Ni tan siquiera podría mostrarles la golosina de mi recuperación, no podría exhibir el milagro de mi vuelta de entre los zombis ni la promesa de una posible curación para todos y un final para la pesadilla del contagio y la caída a aquel espantoso inframundo. No, el odio sería tan grande que no preguntarían. Como los salvajes del maizal, dispararían antes de preguntar. Yo no era un humano. No lo era del todo pero ellos no se informarían acerca de mi humanidad parcial. Para cualquier humano yo sería un zombi más y no merecería conservar mi patética existencia. No merecía vivir. Ni medio vivir en aquella existencia de autómata que, sin duda, me supondrían. Lo más piadoso para mí y lo más tranquilizador para ellos, sus conciencias y sus temores irracionales, sería descerrajarme un balazo en mi cerebro inutilizado, dándome la muerte corporal y lo que a su juicio quizá sería la paz de espíritu.

No, no me atrevía a entrar en la ciudad. Y sospechaba que no sería capaz de entrar en ninguna otra localidad, pueblo o aldea, mientras mis circunstancias y mi aspecto no variaran. A falta de la temida recaída, estaba casi seguro de que nunca recuperaría del todo la salud y la humanidad, mi cuerpo magullado sería un despojo de lo que fui y me negaría la entrada al mundo humano, condenado a vagar eternamente, por el tiempo que durase aquella existencia pseudohumana o medio zombi, en la más completa soledad.

No sabía entonces, ni lo sé ahora, si el envejecimiento afecta a un zombi, o a un humano a medio recuperarse como yo, igual que a los demás seres normales y mortales.

TE ARRASTRAS HASTA QUE DEJAS DE HACERLO

Por el momento, tocaba esconderse. Arrastrarse y guarecerse de los peligros, fueran estos reales o imaginarios. El asunto de mi envejecimiento deseaba poderlo comprobar por mí mismo al cabo de muchos años. Por más lamentable que fuera mi existencia, el instinto de supervivencia seguía siendo grande. Lo es en general, y también lo era para mí aun en mi nada envidiable situación. No me engañaba al respecto. Prefería mantenerme vivo, por precaria que fuera aquella existencia, antes que echar mi último aliento. Bastante vida había perdido mientras estuve transformado como para desear el supuesto reposo de la tumba. Mejor poder vivir para quejarse. Los muertos ya no pueden hacerlo. Y lo que desde luego no estaba dispuesto a hacer era arriesgar mi vida miserable a cambio de la esperanza. No iba a aproximarme a una muerte probable tan solo por tratar de acelerar el cumplimiento de mis deseos, que cada vez veía más lejano, aunque no daba por sentado que tales deseos fueran imposibles de alcanzar. Lo admito: soy un cobarde. Pero preferí mi triste soledad a exponerme ante cualquier chiflado que me contemplara con más miedo o asco que yo a él y me descerrajara dos tiros.

Me mantuve, pues, en mi peregrinar. Ya no me engañaba suponiendo que buscaba la civilización, reencontrarme con mis semejantes y ofrecerles la cura a través del estudio de mis tristes despojos. Se trataba tan solo de sobrevivir. Y, si estás dispuesto a hacerlo, te das cuenta de que eres capaz de renunciar a casi todo, comenzando por tus principios. Puedes imaginarlos fuertes y perdurables si llevas una vida regalada. Pero la necesidad los hace menos importantes que preservar tu integridad o conseguir un mendrugo de pan. Además de que en muchas ocasiones es fácil engañarse uno mismo. Un día te dices que no pierdas la esperanza, que todo cambiará. Otro, que busques la oportunidad, sin forzarla. Que encontrarás quien te acepte y un refugio que compartir. Y llegará el día en que te repitas que no te importa, aunque sepas que es mentira. Y aquel en el que lamentes no tener a tu lado alguien a quien entregar o vender, como víctima propiciatoria de un ritual demoníaco, a cambio de alguna clase de perdón o por mantenerte con vida una miserable jornada más, siquiera hasta poder inventar otra excusa para prolongar tu ruina.

Yo pasé por todas las fases, sin abandonar nunca la autoconmiseración. Para resistir, es tan necesario justificarse como mantener la esperanza. Siempre puedes imaginar un estado peor y, cuanto más lamentable es tu situación, más espacio queda en la imaginación para la opción de la mejora. ¿No sobrevivían los humanos en campos de concentración donde los maltrataban con palos, hambre, penalidades y la certeza de una muerte cercana? Y, pese a todo, eran muchos más los que se aferraban a la vida que quienes se suicidaban y se apartaban de sus semejantes o favorecían que les dieran una muerte rápida. Aun durante el trayecto hacia el patíbulo, el reo debe de imaginar mil formas por las que su sentencia puede ser conmutada hasta el último segundo. Cualquier forma de evadirse de la realidad es un camino válido para la esperanza, para la momentánea salvación de no aceptar la derrota o hacerla pasar por provisional. Yo, durante meses, me dediqué a apurar todos los cálices, sin importarme cuán amargos fueran. Ni la podredumbre, ni la caquexia, ni tan siquiera la abrumadora soledad iban a lograr derrotarme del todo. Por cobarde que seas, a la hora de defender tu existencia, casi siempre erres mucho más fuerte de lo que nunca has imaginado. O lo es tu cuerpo, que prosigue automáticamente con sus funciones aunque tú ya te hayas rendido. Te arrastras, sin saber hacia dónde. Siempre das un paso más, sin plantearte si vas a hundirte aún más en el pozo o se producirá el milagro de una auténtica resurrección.

Aceptas casi cualquier cosa con tal de salvar el pellejo. Y, puesto a justificarte, toleras actos viles y execrables, hasta participas de ellos si así consigues pasar desapercibido ante la muerte y sus ejecutores. Lo más vil que llegué a hacer durante aquel tiempo ominoso que me acercó, sin yo darme cuenta, al estado alienado en el que me definí como zombi, fue permitir una muerte ajena y participar, como un actor, o más bien un figurante, de la escena en la que el crimen fue perpetrado.

Se trató de una escena de caza. No sé si yo, mientras estuve alienado, transformado por dentro tanto como externamente en un autómata, un zombi sin sentimientos ni memoria, asistía, ya fuera como cazador —lo que veo como más probable, por no decir prácticamente seguro— o como presa —también plausible por lo que pude comprobar desde casi el primer día de recuperar la consciencia en aquel maizal en el que me libré por poco de que me acribillaran— me vi envuelto en alguna cacería o miserable hecatombe de sangre ajena. Lo cierto es que luego, pese a huir de la gente tanto como de los monstruos, pude observar varias persecuciones que, si no hubieran tenido a los zombis por objeto, alguno habría catalogado sin dudarlo como linchamientos, por más que sus ejecutores los percibieran como una suerte de deporte extremo y casi necesario, con un aire de exterminio depurador y salutífero que eliminaba la podredumbre del mundo.

A lo largo de tu vida escuchas muchas historias. Unas más creíbles y otras tan fabulosas que no hay por donde salvarlas. Aceptarlas como válidas o verídicas depende de uno mismo, de la experiencia tanto como del deseo. Pero, cuando eres testigo de un suceso terrible, ni lo olvidas ni puedes ponerlo en duda. Por más que sepas que tus sentidos son imperfectos y falibles o que hayas sido engañado en más de una ocasión por las artes de cualquier prestidigitador o embaucador, acabas por dar crédito casi absoluto a tu percepción. Y rara vez te equivocas. No de otro modo han evolucionado esos sentidos a lo largo de eones de selección ciega para convertir herramientas mediocres en perfectas máquinas de supervivencia.

Yo he tenido ocasión de escuchar historias de lo más pintorescas acerca de zombis y humanos normales que se relacionaban con ellos. No entonces, cuando yo peregrinaba aún a mitad de camino entre el mundo de los vivos y los medio muertos, pero sí después, en diferentes circunstancias. Si alguien me relataba cómo una cuadrilla de zombis había tramado un plan de captura del que el supuesto testigo fue víctima y escapó de puro milagro para contarlo, yo escuchaba con curiosidad y cierto recelo. El recelo se volvía máximo al escuchar una de las leyendas urbanas más recurrentes: la de la banda de amigos borrachos que capturan a una zombi y tienen el cuajo de intentar atarla y practicar sexo, con resultados espeluznantes para los violadores, al margen de lo denigrante que parece ya la situación. Pero cuando ves a un grupo de humanos armados hasta los dientes persiguiendo, cual jauría de lobos, a un grupo de zombis, de seres brutales apenas conscientes pero en los que piensas que aún aletea cualquier hálito de humanidad, escondido en lo más recóndito de su ser y susceptible de ser recuperado de algún modo tal y como has comprobado en tus propias carnes que sucede, no puedes evitar sentir profunda decepción y asco por tus congéneres, al mismo tiempo que el terror más absoluto que te anima a esconderte en lugar de dar la cara por aquella turba de lamentables desgraciados a los que, sin más, se va a retirar definitivamente del mundo por considerarlos menos que humanos, bestias y monstruos alejados en todo de los seres pensantes que un día fueron.

Pues eso hice yo: alejarme, esconderme de la escena, mientras escuchaba los gritos animales de los monstruos al caer muertos a balazos, mientras los humanos, más que eliminadores de podredumbre o de humanos fallidos, se ven a sí mismos como competidores en una absurda cacería, un certamen de tiros y balazos en el que todos quieren cobrarse el mayor número de trofeos sin ningún sentimiento de culpa o el más mínimo escrúpulo moral. Yo me sentí asqueado, sí, pero tenía tanto miedo que creo haber contenido la respiración reiteradamente y más allá de lo razonable con tal de pasar desapercibido y no hacerme presente a los sentidos y las armas de los cazadores, o asesinos, según se quiera ver. Por eso fue mayor el alivio que el miedo, la vergüenza o la indignación cuando aquella panda de descerebrados regresó a su todoterreno y se alejó feliz, comentando su hazaña y canturreando viejas canciones de campamento. Yo sentí vergüenza, sí, ajena pero, sobre todo, de mí mismo y mi cobardía. Creo que más por saber desde hacía mucho tiempo que ese defecto concreto habitaba en mí y comprobar que, una vez más, se hacía patente en público, conmigo mismo como principal testigo de los hechos. Lloré en silencio. No sé si por los desgraciados que sembraban los campos con sus carnes ya putrefactas antes de fallecer definitivamente, por tantas vidas que fueron segadas primero por la plaga y luego por los alegres cazadores, sin posibilidad ya de recuperación. O si lo hacía por mí mismo o por las almas ennegrecidas —quizá ellos no sabían que se les habían enturbiado y podrido como a sus víctimas— de los asesinos humanos. O por mí mismo, por mi cobardía y también por haberme librado de la terrible muerte. Una vez más. Satisfecho de conservar jornada tras jornada mi patética existencia y la mínima esperanza, salvadora y enloquecedora a un tiempo, de recuperar del todo mi esencia humana y una vida, una existencia humana entre mis semejantes en la que yo también pudiera reírme y burlarme de mis semejantes enfermos o caídos en desgracia y olvido mientras les descerrajaba un balazo entre los ojos. Porque, por terrible que fuera aquello, sabía que yo en el fondo y en la forma odiaba a los zombis tanto como a mí mismo.

Por desgracia, mi aspecto no mejoraba. Y, si mi cuerpo se mantenía podrido y supurante a pesar de mi mente más o menos lúcida, mis carnes se negaban a curarse. Al mismo tiempo, sentía que mi mente también se ensombrecía, se impregnaba de pesimismo y de odio, acercándome otra vez al abismo de la deshumanización, aunque ahora no terminara tampoco de convertirme en zombi, no lo percibiera así o no deseara verlo.

En ese sentido, cada nuevo día, todos y cada uno de los que las circunstancias me lo permitían, trataba de explorar mis magras carnes buscando cualquier signo de mejoría. Como un leproso de otro tiempo, analizaba cada llaga, cada cicatriz de mi maltrecho cuerpo, explorando cada centímetro de mi anatomía esperando encontrar el más leve signo de recuperación. Infructuosamente mes tras mes y semana tras semana. Si encontraba un espejo donde reflejarme, fuera de agua, vidrio tratado o metal bruñido, contemplaba mi horrible aspecto, como quien observa la enfermedad ajena, sin terminar de reconocerme en aquel engendro espantoso que me devolvía una mirada asustada de incomprensión. En mi refugio, tan pronto repetía mi minucioso análisis y dedicaba un tiempo específico a contemplar las llagas de mi cara, mortificándome con mi horrible aspecto y la ausencia de signos de sanación, como lograba ignorar mis miedos y pasaba días enteros sin examinarme, igual que un herido de guerra o un accidentado que, harto de contemplar sus llagas y muñones, decide no prestarles atención, como si aquello sirviera de algo, no ya físicamente, sino para calmar el espíritu. No era así. Al contrario, si la imagen mortificaba a la mente con su crueldad, la falta de examen solo avivaba la imaginación, haciendo que se desatasen los peores miedos y pesadillas de postramiento, alienación y una muerte definitiva.

Examinaba mis heridas jornada tras jornada, saltándome las obligaciones de funcionario solo cuando me sobrevenían el desánimo o la náusea de mí mismo. No deja de ser curioso que, por más que reniegues de la vida, como esas viejas que solo repiten que desean morirse, al cabo damos un paso más y hasta ponemos los medios para intentar conservar nuestra precaria, desagradable u odiosa existencia, ya sea acudiendo al médico a controlar los achaques de la edad o comprobando que la putrefacción que domina tu cuerpo no se extiende o las llagas purulentas que lo invaden y mutilan, aunque lo hagan sin causar más dolor que el del alma, no causan mayor daño ni se ven acompañadas de otros rasgos como mayor supuración, sangre o la presencia de felices parásitos alimentándose de tus despojos. En cierto modo me identificaba con esos simios de documental —de viejos documentales de otra época, otra vida, o quizá de otro mundo— que se dedican a despiojarse con absoluta atención, olvidando para ello el aspecto social del asunto: yo te quito a ti los bichos que encima me sirven de alimento y luego tú me haces idéntico favor eliminando de mi piel y mis carnes las sabandijas que intentan lacerarme. Jamás se me habría ocurrido, más que como experimento o comparación, contemplar el estado de mutilación de mis semejantes —¿ex-semejantes?—, al menos sometidos a los mismos daños causados por nuestra extraña enfermedad, que yo quería considerar convalecencia y preámbulo de la recuperación y no anomalía previa a la recaída. No me agradaba verme reflejado en aquellas nauseabundas criaturas, en el grupo de desgraciados a los que mi cuerpo se empeñaba en asemejarse, que una vez fueron humanos pero, al contrario que yo —¿era realmente al contrario?—, no se habían recuperado de aquel mal ni quizá se recuperaran jamás. Ante ellos me sentía como el ignorante que, aun siendo consciente de la incoherencia de sus argumentos, se niega a aceptar que un humano es un animal como tantos otros y, por tanto, borra de su memoria y de sus sensaciones cualquier atisbo de reconocimiento de sus instintos. Se repite que no es como ellos, que nunca lo ha sido, que semejante pensamiento resulta ridículo. Aunque en el fondo, o sin profundizar demasiado en sus propios sentimientos, se da cuenta de que es una pobre criatura tan patética e intrascendente como aquellas sobre las que pretende elevarse.

Leí, mucho tiempo atrás, en esa otra vida que ahora parecía irreal, casi inexistente, que los leprosos verdaderos deben mantener esa clase de rutina de autoexploración para evitar que sus lesiones progresen. Tanto para buscar llagas y sanarlas como para comprobar que la insensibilidad de sus miembros y el descuido los condenen a una mutilación que ya no podría remediarse. Y ahora yo, como personaje de novela o de película —¿serie B o, según costumbre, debería decir serie Z?—, me convertía en actor de aquel papel de zombi leproso, de piltrafa pendiente de sí misma, dedicado internamente a la autoconmiseración y en lo externo al análisis minucioso de su maltrecha superficie corporal. Tratando de prevenir los daños al tiempo que se avergüenza y mortifica por lo que ve y no puede negar, una realidad que se manifiesta como presente y objetiva, mucho más material que aquellos recuerdos de una vida remota en la que se dedicaba a trabajar en una oficina despreocupado de todo, sin saber que la vida, su mutación o casi ausencia, le iba a pasar por encima, dejando su cuerpo y su alma tan maltrechos como si realmente lo hubiera atropellado un vehículo de gran tonelaje.

La exploración, atenta y minuciosa, era necesaria. Me lo parecía al menos. No sé muy bien qué habría podido hacer, al margen de lamentarme o llorar, en el caso de que hubiera percibido un avance significativo de mi mal. Si las llagas hubieran crecido o mi aspecto global se hubiera aproximado más al de cualquier otro zombi. Peor aún habría sido si comenzara a notar fallos en mi memoria o los sueños de mi reciente «no vida» se hubieran multiplicado y cronificado.

Algunos días estaba convencido de que la putrefacción avanzaba, tan levemente que apenas era perceptible y me hacía dudar. Tal vez dependía más de mi voluble ánimo, siempre precario pero susceptible de empeoramiento, antes que de un agravamiento real del mal que, creo yo, solo existía en mi negra imaginación. Mis sentidos no eran lo bastante optimistas como para engañarse al suponer que las llagas menguaban y mi aspecto progresaba hacia la completa humanización.

Extendía mis brazos y exploraba el dorso de la mano, dedos y uñas, volvía las manos hacia arroba para contemplar las palmas, con su legión de líneas, las yemas de los dedos, las articulaciones de los codos, el antebrazo velludo, el pellejo del dorso del brazo y hasta las axilas. A la caza de bubones, granos, pústulas o heridas. Observaba mi torso, palpaba mi rostro si no podía verlo. Observaba la cuchillada de mi cuello, aquel bocado que nunca se cerraba. Analizaba mi entrepierna, de aspecto más repugnante que el habitual previo a la plaga, los muslos, piernas, rodillas, las mollas de los gemelos y los pies, dedos, plantas y talón. Si tenía ánimo suficiente, usaba un pequeño espejo de mano para tratar de indagar el aspecto de mi espalda y mi trasero, o para contemplar con detalle mi cara, que era lo que más me mortificaba, sin lugar a dudas. Todo ello por comprobación rutinaria que servía para deprimirme o irritarme, según los días, ante el resultado del análisis. En contadas ocasiones, al pasar por alguna casa o comercio abandonados donde encontraba un espejo de pared para verme de cuerpo entero, contemplaba al completo mi triste y lamentable figura, sin más resultado que la constatación de que mi monstruosidad permanecía y los sueños de sanación se alejaban, o se convertían en vana fantasía. Entonces me proponía abandonar aquella inútil costumbre de contemplarme solo para convencerme, al cabo de unas horas o unos pocos días, de la necesidad de proseguir con el examen y no cejar en el empeño de descubrir la huella de la esperanza, que ya anidaba en el pecho y no podía ser erradicada. O la de la amenaza de recaída, que siempre pendía sobre mi pesimista pensamiento.

Exploraba. Mi cuerpo por fuera, con detenimiento pormenorizado. Pero igualmente, aunque no siempre de manera consciente, mi interior, el vacío, la ira, la absurda esperanza o los recuerdos y anhelos de otro tiempo. Tratando, quizá, de conocerme a mí mismo, el ser en el que me había convertido. Como si fuera posible desentrañar los misterios del alma y sanar las pústulas del cuerpo por el mero análisis y la introspección. Bastante difícil resultaba el mero hecho de reconocerme en aquel envoltorio ajado o mantener no ya la cordura sino la continuidad con el remoto ser humano con el que pretendía identificarme, como para detenerme a pensar seria y metódicamente en el sentido —¿o sinsentido?— de la vida. Menos aún lo tenía plantearme el curso de los acontecimientos de mi propio futuro tratando, de construir un plan a largo plazo más allá de sobrevivir día a día y no perderme del todo por el camino. Soñar sí que soñaba. ¿Qué otra cosa me quedaba? Necesitaba mantener la esperanza de un futuro mejor y una curación. Necesitaba sentirme de algún modo importante, convenciéndome una y otra vez de que mi recuperación parcial podía servir para salvar a toda la humanidad condenada y no solo mi propio trasero. Puesto a soñar, o a engañarme, también podía convencerme de que la calamidad encerraba una enseñanza, de que mi triste cuerpo albergaba ahora una persona distinta, un humano con sentimientos, percepción y hasta habilidades nuevas. Que era un ser distinto al anterior, resultaba absolutamente nítido. Por fuera, lo más visible, tanto como por dentro. Experiencias de este calibre te cambian por fuerza, aunque no sea para bien o el trance jamás resulte agradable. Lo que no está tan claro es que al resultado se le pueda llamar, en rigor, persona o humano. Si ya me resultaba complicado identificar aquel despojo con el humano que fui, ¿cómo podía pretender que los demás me vieran como un semejante? Los humanos insensibles igual que los asustados, los prudentes como los que primero disparaban y luego preguntaban, los más sensatos y los más precavidos, todos por igual, habrían puesto mi humanidad en entredicho y cuarentena. Incluso los más pacientes, tal vez me habrían repudiado a la espera de una prueba de mi humanidad. Yo mismo, si me hubiera contemplado desde fuera y con el suficiente extrañamiento, habría dudado a la hora de tenderme una mano. Por el momento, mi examen pormenorizado y recurrente solo me demostraba que no era del todo humano, que no podía ser de fiar para los que aún estaban a salvo de la plaga. Y que debía asumir que permanecía convertido en monstruo y así se me trataría mientras no se demostrara lo contrario. No podía ser de otro modo.

Con tales expectativas es difícil mantener la esperanza. Poco importa que consideres tu juicio realista y razonado o meramente pesimista. Monstruo eres y en más monstruo te convertirás si nada —¿Dios, el diablo, la ciencia, el propio curso de la naturaleza o la simple y pura chiripa?— lo remedia.

Te mientes. Tratas de infundirte ánimos. Te propones proseguir pase lo que pase. Arrastrarte, si es necesario, hasta el fin, hasta que ya ni eso puedas hacerlo. En el fondo, eres consciente de que la esperanza está muriendo. Sabes, sin embargo, que nunca serás capaz de aniquilarla del todo. El final de la esperanza supondría, quizá, un alivio. Ya no tendrías que pelear más, ni sufrir a cada momento los interminables vaivenes de tu alma. Pero sigues desesperando sin perderla del todo. Al cabo, tarde o temprano se presenta de nuevo la ilusión de recuperarte, de mejorar. Aunque en cada ocasión la esperanza dure solo un instante. También la de que llegue el día en que puedas ser aceptado por los humanos, como su semejante. Ya incluso crees que podrían asumir serlo como mascota o cobaya, mero animal de laboratorio para ensayar la futura, quimérica, cura de la enfermedad, la salvación de la humanidad. Comprendes que tales pensamientos, que un día alimentaron tu esperanza y tu ego, son vanos sueños, absurdas fantasías. Pero no por ello cesas de moverte. Es avanzar o morir, del todo y no solo parcialmente, convertido en caricatura de ti mismo, de ese otro actor, o figurante, que un día fuiste y te gustaría recuperar, idealizada la imagen del pasado. Solo te quedan la rutina y la costumbre. Cada día un paso más, la repetición de la contemplación y análisis de las heridas sufridas, junto con el fracaso de tus ya magras expectativas.

Examen. De cuerpo. De conciencia. De ánimo fluctuante con tendencia al menoscabo, pasando de la preocupación y la tristeza a las más puras desolación y desesperación, quizá acompañadas de depresión y locura. Y, sin embargo, como gesto rutinario de humanidad y de humana tozudez, repetía mi minucioso reconocimiento diario, conformándome, en general, con no notar un deterioro progresivo en el día a día, más allá de variaciones menores en mi cuerpo o en mi percepción. Hasta que un día el cambio resultó innegable. Pequeño e inesperado. Tan determinante, pese a su aparente insignificancia, como para que ya todo fuera diferente a partir de entonces, ánimos, percepciones, análisis corporales diarios y, sobre todo, la maltrecha esperanza que languidecía día a día, quizá agonizante sin aún saberlo.

En el dorso de la mano. ¿Es el deseo o es real? ¿El cambio es medible y significativo? La herida abierta, supurante, aparece más pequeña. Su tono verdoso, su aspecto macilento, no son los mismos, atenuados color y presencia. El olor que todo lo invade parece haberse reducido. ¿O se trata tan solo de la imaginación? Te niegas a aceptar que tu percepción esté en lo cierto. No deseas un nuevo desengaño, que sería mayúsculo. No quieres alimentar la esperanza ni dar crédito a lo que tal vez solo contemplan los parciales ojos del deseo. Pero tu corazón, ese órgano que intuyes adormecido y putrefacto desde hace meses, se pone a latir desbocado, demostrándote que, aun imperfecta o desagradable, la vida todavía alienta en tu pecho y se anima con el ansia infinita de la mejoría.

Debes tener paciencia. Te repites la frase y el pensamiento que contiene como si fuera un mantra. Debes serenarte. Seguir con tu sucedáneo de vida. Con tu vida adelgazada y demacrada. Un día más. Y otro. Repetirás la exploración diaria. Pero no debes dejarte arrastrar por la emoción. Mantente tranquilo. Y atento.

Los primeros días dudas del hecho. Te dices que te confunden los sentidos. Y casi te convences, te engañas al respecto, dando por sentado que es el deseo el que gobierna tu percepción y la imagen que de cada cosa se forma tu cerebro, quizá afectado a su vez por el óxido y la putrefacción que todo lo invaden, el mal que lo poseyó por completo hasta tan solo algunos meses atrás, más cortos en el tiempo que en la memoria y el sentimiento, tan presente tienes aún el horror que aquello supuso y el miedo a la terrible recaída o a la pérdida definitiva de tu mente, de tu yo, que es lo que más temes ahora y desde el día en que despertaste encerrado en aquel cuerpo de monstruo.

Pero, por más que te niegues a aceptarlo, obligándote a lo que consideras un ejercicio de cordura, no puedes dejar de dudar. Al contrario. Los interrogantes crecen, así como la esperanza y la sospecha de estar cayendo en la locura. ¿Está cambiando el color de la piel? ¿No había en ese lugar una llaga justo la víspera? Te repites que lo que parece suceder no puede ser cierto. Pero el hecho se impone pese a tu negativa. No puede estar ocurriendo pero sucede ante tus ojos escépticos. La enfermedad retrocede, huye al tiempo que la salud, el aspecto saludable de la piel al menos, recupera terreno desde todas las posiciones perdidas para tomar el control de cada extremidad, cada pliegue y cada poro que se perdió en una sola jornada de incontestable derrota y una eternidad de infierno. ¿Se ve más pequeña la úlcera del cuello? ¿Se está cerrando el mordisco que siempre interpretaste como la vía primera del contagio?

Dudas de tus sentidos y de tu cordura. Pero no puedes ignorar lo que te muestran. Si se estuviera produciendo un empeoramiento, un avance del deterioro, quizá lo asumirías con espanto y resignación, aunque es en ese caso cuando más sentido tendrían la locura y el autoengaño. Lo hacemos muy a menudo: buscamos excusas y explicaciones para lo que nos desagrada. Negamos la evidencia hasta que el hecho nos consume. Incluso a las puertas de la muerte tratamos de infundirnos ánimo e inventamos esperanza donde no puede existir. Pero, ¿cómo no dudar en el caso contrario? Tu deseo más íntimo, tu ensoñación más descabellada, parece cumplirse y realizarse ante tus ojos. ¿Será la desesperación la que lleva al error de los sentidos? ¿Te encuentras en una nueva fase de la enfermedad que te altera hasta tal punto la percepción? O, peor aún, ¿será cierta la mejoría pero supone solo un paréntesis, una cruel apariencia antes de que el mal se manifieste en toda su extensión y recuperes el aspecto demacrado mientras pierdes tu mente en las nieblas que un día la envolvieron? Pensar que estás loco puede volverte demente de veras. Al menos te hará comportarte como loco, o imbécil cuando menos. Y yo, durante las sucesivas jornadas en las que me amedrentaron dudas y temores debí de conducirme como el más estúpido de los mortales, si es que verdaderamente estaba concluyendo mi convalecencia y abandonaba de una vez por todas mi lamentable estado.

El caso es que, por más que no pueda afirmar con certeza que el mal no se encuentre todavía agazapado en mi interior dispuesto a invadirme y manifestarse a la menor ocasión u oportunidad que se presente o yo, de algún modo, le conceda, el cambio sí que se produjo. Tuve que admitir la recuperación como cierta y confiar en mis sentidos igual que en los de quienes se cruzaron conmigo desde entonces.

Mi cuerpo volvió a su ser. La putrefacción me abandonó por completo y recuperé la lozanía, o lo que de ella fue posible retomar. Mi piel se vació de llagas. Su tumefacta palidez verdosa desapareció. Lo hicieron todos los signos de enfermedad y demacración. Y, al cabo, hasta mi mente pudo abrirse a la realidad de mi ¿momentánea? Curación. Mi piel recuperó el lustre y el color. Y empezó a sanar de todas sus llagas y heridas. Incluso la nariz ha cicatrizado, ocultando con un feo costurón el hueco que había. También la oreja mutilada y ulcerada. Incluso la cuchillada del cuello, cerrada y convertida en una fea cicatriz, y las heridas de las mejillas, el pecho, los brazos, las piernas y el abdomen. ¡Mi cuerpo había dejado de heder! Las llagas ya no supuraban, las uñas se volvían rosadas y mis ojeras se atenuaban, no sé si solo por recuperar un aspecto más humano o al librarme, siquiera parcialmente, de la peor de mis preocupaciones, la que más me mortificaba. Con el tiempo la piel ha quedado tersa y se ha sumado músculo y grasa a cada hueso. Conservo las líneas quebradas de varias cicatrices y las mínimas mutilaciones de mi anatomía que no se podían corregir pero, desde un punto de vista meramente externo, nadie dudaría de que el ser que ahora soy es indistinguible, en lo esencial, de un humano cualquiera. ¡Peores cicatrices son las del alma! Y esas no se curan con facilidad. Por fortuna, son más difíciles de identificar desde fuera.

Hasta hacía bien poco, solo podía decir con la boca chica que había recuperado la humanidad. Mientras mi aspecto no concordaba con mi mente moderadamente lúcida, los ojos de mis testigos me demostraban que el monstruo no me había abandonado. Era todavía un zombi para los humanos, o su sucedáneo para mí, incapaz de negar la evidencia de mi carácter repugnante y fronterizo. Pero, al desaparecer las marcas externas, lo hicieron también las dudas de quienes me trataron desde entonces. Casi también las mías, porque la memoria de uno mismo acaba por traicionar la confianza. Y las pesadillas, con sus aparentes recuerdos de orgías de sangre y brutalidad, nunca me abandonaron del todo, recordándome lo que podría volver a ser o lo que, en el fondo de aquel recipiente repentinamente reparado, todavía habitaba en mi interior.

Ha pasado mucho tiempo desde entonces, por más que la memoria mantenga frescos los recuerdos de todo lo sucedido: el antes idealizado, el terrible durante y el esperanzador después. Mucho tiempo que no se siente igual en el corazón. Pero el reloj que no se detiene para nadie me anima a plasmar aquí una última confesión que no estoy seguro de ser capaz de lanzar al aire en presencia de los que, ahora sí, llamo en justicia mis semejantes. Supongo que en la confesión se incluye un sentimiento de culpa, una punzada de dolor y responsabilidad por la oportunidad que sé que estoy robando a muchos, a demasiados. Pero soy egoísta y cobarde. Quizá también eso es parte de mi humanidad. Y, si antes de recobrar mi vida casi al completo, justificaba mis patéticos intentos de regresar con los «míos», los humanos, siendo solo un medio hombre, por la necesidad de ofrecer mi caso al escrutinio de los sabios como luz de una esperanza futura, en el día de hoy, y desde que me recuperé, he ocultado lo que me sucedió, tanto el mal como la milagrosa sanación, por miedo tanto a ser de nuevo rechazado como a ser analizado, juzgado o convertido en animal de laboratorio y perder la humanidad que he recuperado.

He callado. Me avergüenzo de ello, sí. Supongo que no lo suficiente porque no me arrepiento de mi proceder. ¿Qué monstruo estaría dispuesto a ser juzgado de nuevo como tal cuando ha conseguido que se olvide que lo fue y puede pasar por persona normal, sin marca ni tara? Aceptando la debilidad de mi carácter, debo confesar que yo no fui capaz de asumir el papel de monstruo salvador con el que consolaba los tristes días de mi insatisfactorio despertar a aquella vida incompleta de mi imperfecto renacer. No es algo de lo que uno se sienta orgulloso pero tienes que aprender a vivir con ello. Yo, cobarde y egoísta, no sé cuál es la faceta predominante, decidí vivir sin arriesgarme a ser sincero. Creí, y me parece que con razón, que la honradez no me iba a proporcionar más frutos que el rechazo o el destierro. Y yo solo deseaba volverme a integrar en el mundo de los humanos. Si ello implicaba ocultar la parte de mi pasado que yo mismo quería olvidar, estaba dispuesto a hacerlo. Si suponía ocultar la vaga pero cierta esperanza de que existía dentro de mí una curación para el horrible mal que se extendía sin freno, también podía soportarlo. Creo que mi otro yo, el intermedio entre mi infección y la sanación aparentemente completa, aquella convalecencia interminable y cruel en la que mi mente debía acomodarse a un cuerpo extraño y repugnante, no habría estado de acuerdo con mi proceder actual. El desgraciado que se ocultaba dentro del cascarón pútrido en que había quedado convertido nunca habría aceptado el secreto ni negado la oportunidad, o la mera esperanza, al resto de mortales. El yo antiguo que no había pasado por esta traumática experiencia, ni tan siquiera podía imaginar que llegaría a convertirse en el ser espantoso que fui. Y era demasiado ingenuo como para abrazar con gusto el engaño al que yo ahora me acomodo. Pero la transformación y el milagro me han cambiado. Estoy dispuesto a hacer lo que sea para no volver a convertirme en un paria. No ya en el despojo que fui. Solo imaginar la recaída alimenta mis peores pesadillas. No estoy dispuesto a volver a ser un apestado solo porque la imaginación de mis semejantes decida vislumbrar en mí al monstruo aunque no exista. Sentirme marginado, repudiado y, sobre todo, apartado del mundo en el que he logrado integrarme, lo percibo como algo peor que la muerte misma, peor incluso que regresar a la bestial inconsciencia de las visiones sangrientas, si es que la recaída de pesadilla se produjera y yo cayera en el olvido, en la indolencia por tanto. Pero no soportaría ser tratado como monstruo, observado con asco o conmiseración, con la incomodidad de quien teme el contagio o el improbable ataque de la criatura quizá aún agazapada en el fondo de quien parece ser normal. Por desgracia, lo que sucedió permanece nítido en las pupilas de quienes lo observaron, así como en el recuerdo. Y de ahí puede pasar a la imaginación de todos los demás, que no fueron testigos ni actores de la historia. Monstruo fuiste, monstruo eres y monstruo serás. Porque la idea queda en la memoria y no puede borrarse. De poco sirve que la recuperación sea estable. Esta peste no puede ser borrada del sentimiento y yo siempre sería el zombi, el que pareció recuperarse, el enemigo infiltrado en el mundo de los que permanecieron normales y, al menos por el momento y aunque sea de modo precario, a salvo. Por eso, o porque trato de racionalizar mi cobardía y mis miedos, mis obsesiones y mi poco edificante decisión, me callo. En lugar de confesar mi martirio, mi destrucción y la epifanía, el renacer, que me contemplaron, fabulo acerca de mi peregrinaje terrible entre tierras de monstruos sin sugerir que yo fui uno de ellos. Omito que, más tarde, fui medio monstruo al que las criaturas respetaban o ignoraban, tratándolo como despojo sin interés, semejante a ellos, un semimuerto más. Callando que la atracción que ahora les provoco, semejante a la que genera en sus sentidos anómalos la presencia de cualquier humano, en mi caso solo se desarrolló tras la fase final de mi recuperación, esa fase acelerada que me hizo dudar de mis sentidos y luego renegar, como Pedro ante su Maestro, de mi propia esencia. No una ni tres veces sino para siempre. Mudo o mentiroso, antes muerto que confeso.

Cuando recuperé mi aspecto humano, al cambio físico lo acompañaron otros bien diferentes pero de igual calado. Racionalmente, acepté que mi recuperación era real. Tras varias semanas de dudas, de percepciones confusas o pesimistas respecto de mi estado, la desaparición de las llagas y el cambio de color de mi piel eran tan convincentes como para que la transformación resultara innegable. Pero, en ocasiones, no basta con saber y es necesario sentir para que la realidad se manifieste en plenitud. Para mí ese punto de inflexión vino, precisamente, del cambio de actitud de los desgraciados zombis con respecto a mi persona.

Ya lo he comentado en varias ocasiones: los zombis no me prestaban mucha atención. Al parecer, todavía me consideraban uno de los suyos, el tipo de individuo que no deseaban convertir en parte de su menú y, por tanto, un elemento del paisaje al que no dedicaban ningún tipo de interés. Así las cosas, yo podía sentir lástima por ellos y su desgracia de la que yo, al menos parcialmente y en lo esencial que era la recuperación de mi mente, había logrado escapar. Podía sentirlos idealmente próximos, de algún modo hermanados conmigo por la desgracia y hasta deseoso de brindarles la oportunidad de recuperación con mi valiente sacrificio en aras de la ciencia. Racionalmente, aquello tenía sentido, pero mi buena voluntad solo se mantenía en pie por dos pequeños detalles: mi imperfecta humanidad y su completa apatía hacia mí. Cuando las cosas cambiaron, no era tan sencillo mantener mi afecto por aquellos engendros que deseaban devorarme crudo. Por buena noticia que fuera para mí el hecho de que pasaban a considerarme humano y presa de pleno derecho, no figuraba entre mis planes la idea de ser devorado o mutilado por aquellos seres de pesadilla, por más pena que sintiera por su desgracia que fue también la mía. Quizá equivocadamente pensaba que sus bocados no me transformarían de nuevo, que mi inmunidad adquirida contra la enfermedad se mantendría. Aún creo que podría estar a salvo del contagio, pero nunca he sentido deseos de realizar la comprobación, y menos de hacerlo a costa de ver socavada o eliminada mi anatomía, mi recuperado cuerpo humano sin más lesiones que las propias de cualquier hijo de vecino que sufre accidentes y magulladuras.

Nada me espanta más que retornar a ese terrible estado. Ahora siento asco y miedo ante la presencia de las criaturas por las que antes sentía piedad y afinidad. Pero ahora he dejado de ser un tipo fronterizo, mi distancia con ellos ha crecido hasta hacerse enorme. Una vez he logrado acercarme a los humanos, mezclarme con ellos como uno más, formando un nosotros sin posibilidad de rechazo o sospecha acerca de mi identidad, no tolero acercarme a los monstruos. Me digo que el cambio en mi actitud se debió, ante todo, a la última experiencia, terrible, de su proximidad y la reacción que manifestaron. Pero creo que me miento, o lo intento, para no asumir que lo que me asusta es su esencia que intuyo, irracionalmente, contagiosa, como si sus miasmas o efluvios, aquellos de los que me liberé con dolor aunque sin intermedio de mi inexistente voluntad, pudieran serme transferidos y el mal, siquiera su putridez, pudiera volver a penetrarme y poseerme. O permitir que los demás perciban en mí algún resto de lo que fui.

Los zombis no me prestaban atención hasta que volvieron a percibirme como humano, como presa y susceptible parte de su menú. Yo, tan feliz por una recuperación total que comenzaba a asumir como cierta, de cuerpo y no solo de alma, aunque esta última aún estuviera impregnada de dolor y culpa, no alteré mi comportamiento frente a las criaturas. Todavía las veía como patéticas, no peligrosas para mí. Ya no eran mis hermanos de desgracia, solo unos pobres espantajos a los que, idealmente, deseaba ayudar y salvar, recuperar para la causa humana. Pero yo no era su hermano. Ellos no me veían como tal ni me respetaban por causa de afinidad alguna. Si me olían y no les resultaba apetitoso, si no me percibían como vivo o no me percibían en absoluto, no lo sé. El caso es que, tras el despertar, mi cuerpo enflaquecido y ajado no les abría el apetito ni les motivaba a ejecutar interacción alguna con mi persona. Pero dejó de ser así tras empezar a apartarse las huellas físicas del mal. No hizo falta que se borrasen del todo. Yo todavía andaba dudando de mis sentidos, por más que el espejo, la vista, el tacto y la intuición me indicaran que el cambio era real. Caminaba despreocupado por el camino que llevaba a un poblacho en el que tenía localizada una casa con vituallas, viejas latas y envases caducados con los que todavía podía llenar la barriga sin sufrir arcadas ni dañar mi maltrecho vientre. Había recorrido varias veces el sendero. Sabía que ya no iba a recorrerlo mucho más porque no deseaba permanecer más tiempo por la zona. Pero no estaba de más recopilar algunos víveres y cargarlos a la espalda hasta encontrar nuevas provisiones. Caminaba hacia el poblacho. Pero aquel día no lo hacía solo. Quienes me seguían o acompañaban tampoco sabían lo que sucedía. Se limitaban a seguir mi carne y el aroma de mi sangre, dejándose llevar por sus imperfectos sentidos y el ansia de devorarme. Hacía meses desde la última vez. Sucedió antes de perderme en las sombras tras ser atacado por otros monstruos que ya parecían lejanos e irreales como todo lo que queda muy atrás en la memoria. Los recuerdos eran vagos en el detalle, pero aterradores en el fondo. Y la mirada vacía que me dirigieron entonces era la misma que ahora me dedicaban aquellos despojos ambulantes. No me veían a mí, no la persona o la imagen de lo que fueron. Solo el recipiente de sangre y vísceras con el que colmar su única y máxima ambición: saciar su hambre infinita de carne humana. Como otras veces, observé sus caras, intentando ver en ellas la de mi asesina, la que me mordió el cuello. O quizá solo buscaba un mínimo gesto de reconocimiento o humanidad. Pero esta vez no fue como las otras. Sus miradas vacías eran idénticas, pero sus caras desencajadas estaban orientadas hacia mí, sus narices persiguiendo mi aroma. No dudé ni un instante. Supe que me identificaban como presa y alimento así que eché a correr. Actué con bastante serenidad. Conocerlos, haber contemplado sus usos y su torpeza, me ayudaba a planificar la huida que pude ejecutar sin demasiado problema.

Llegué a mi refugio cansado y casi sin víveres, puesto que no pude completar mi proyecto de recolección. Pero me sentía feliz. Cuando observé de nuevo mi imagen reflejada, aún imperfecta y plagada de huellas de la enfermedad en retroceso, reconocí como verdaderos los signos de mejoría. Ya no iba a negar nunca más la evidencia: me estaba curando por completo. Ya era lo bastante humano como para que me persiguieran los monstruos.

TIEMPO PRESTADO

Ya has estado muerto. Casi literalmente porque en bien poco se diferencia la existencia semivegetativa del infectado con respecto a la muerte total. Nadie a tu alrededor pensará en ti como una suerte de Lázaro capaz de alzarse de nuevo, de tus despojos o cenizas, como ave fénix pero en versión zombi. Para todos estás muerto. Peor que muerto. Tú no piensas ni sientes, de modo que tampoco podrás plantearte ninguna opción de escapatoria. Luego, al despertar, habrá fogonazos, amagos de recuerdos, pero que no son los tuyos sino el paisaje extraño que contemplaba aquel alien macilento que eras tú pero a la vez no lo eras, ni lo fuiste. Tu sustituto o usurpador ejecutó o contempló lo que ahora parece una experiencia. Pero, claro, las experiencias se recuerdan y se sienten. Solo que tú estás seguro de que aquel ente extraño no era capaz de sentir, ni de recordar más allá de la propia ceguera de sus instintos.

Has renacido, has despertado de un paréntesis odioso del que, en realidad, nunca te llegaste a enterar. El horror terminó cuando el primer ataque te convirtió en monstruo. Y solo regresó, en una forma más sutil y soportable, tras el despertar, al encontrarte de nuevo ocupando un cuerpo que todavía te niegas a aceptar como tuyo, pues no lo parece, y te asaltan, de forma esporádica, imágenes y recuerdos de muerte, destrucción y vacío, más terribles en su conjunto que el mero asco o la repugnancia que inspiran los actos cometidos por la abúlica criatura inconsciente que ocupó tu lugar durante el tiempo perdido. Y ahora, cuando sabes que has probado el sabor de la muerte, la temes más que antes. Por más que la intuyas indolora, por más que sea la definitiva, la que llaman natural, o la reciente parálisis del alma insertada en un cascarón muerto y su efecto se diluya en la nada absoluta, en la pérdida de tu mente mientras tu cuerpo se pudre o se transforma en otra cosa. El pánico a recaer en la catatonia o desaparecer del mundo, devorado o asépticamente asesinado, se hace insoportable. Sabes que el paso del tiempo te ha de acercar sin remisión a un estado terminal, a la antesala del borrado definitivo. Y, sin embargo, lo que no toleras en tu fuero interno es más el procedimiento que el hecho en sí, al que tarde o temprano deberás rendirte, sin capacidad de oposición. Podrías morir hoy mismo, en un accidente, como consecuencia de un tiro perdido o por causa de cualquier enfermedad fulminante, un infarto o una terrible infección. Nada te indica que la vejez llegue a convertirse en un hecho ni que tu llama ha de apagarse progresivamente, ni que consumirte poco a poco sea más llevadero que enfrentarte a la muerte de golpe. Igual puede resignarse o encontrar alguna clase de paz el que se encuentra mirando de improviso a la cara de la muerte que quien camina lentamente hacia ella. Nadie te asegura que avanzar en pos de la vejez te irá serenando o calmando los miedos. Tal vez suceda al contrario. Y, sin embargo, lo que más temes, entre las diferentes categorías de muerte rápida o lenta, de muerte imperceptible o deterioro progresivo, es la recaída, volverte zombi y morir como zombi. Que tu cuerpo perezca días, semanas o años después de que tu espíritu abandonó aquella cáscara hueca e infame. Y saber que, entretanto, mientras padeces de esa muerte en vida, tu espíritu permanece de algún modo en suspensión, en coma o retiro, desconectado de los sentidos y la capacidad motora, quizá semiconsciente y aguardando la posibilidad de retornar mientras desespera de que jamás suceda, convertido en desvalido testigo de la atrocidad, ejecutor vicario de la misma, por medio del cuerpo que una vez le perteneció y ahora no le obedece.

Yo sé que la recuperación es posible. Porque se produjo. Siquiera una única vez, la de mi caso que nadie sino yo conoce. O quizá lo contó aquella loca a la que salvé, convertida la historia en relato de terror, o en leyenda de alucinados. Solo yo he vivido la recuperación, que fue incompleta durante largas semanas y vino seguida de una no menos increíble transformación física que me devolvió enteramente humano, si es que somos capaces de descontar del conjunto las indelebles llagas que quedaron en el alma. La peor de ellas es el terror, el miedo irracional a una recaída, a una pérdida que, de modo igualmente absurdo, intuyes como la definitiva, como si el milagro no pudiera suceder de nuevo, no en ti, o la reinfección resultara fatal por definición.

Por eso no puedes sentir que tu cuerpo sea enteramente de tu propiedad. Tampoco tu alma. Supongo que cualquier creyente convencido y consecuente mantendrá una idea semejante. Pero para mí no se trata de pertenecer a un dios creador o a una entidad superior en la que quedo integrado, como gota o componente infinitesimal. Se trata de perderme en una oscuridad absoluta que me siento incapaz de enfrentar. Y me arrastro, moviendo unos pies que no me parecen los míos. Disfrutando de un tiempo prestado, regalado en una segunda oportunidad tras estar muerto y haber resucitado. Los arrastro, como si fueran los de otro, pero no quiero renunciar a ellos, nunca abandonarlos ni dejarlos ir. Necesito que esos pies de otro, ese cerebro en préstamo, caído en desuso o embotamiento y ahora recuperado, me obedezcan y acepten ser parte de mí de nuevo, que me pertenezcan y me conviertan en un humano que se arrastre hacia una muerte digna, lenta y progresiva o aterradora —más temida en previsión que de facto— y fulminante. Necesito saberme vivo y puro, al margen de la ponzoña y vacunado contra ella. Limpio por completo. Y para ello, lo confieso sin pelear contra una cobardía que en el fondo me avergüenza, me obligo a mantener el secreto, a no significarme con una revelación que, si bien podría salvar, idealmente, a muchos, percibo que significaría mi perdición, convertido en sospechoso o animal de feria, en sujeto de experimentación o criatura enferma y abominable. Acepto mi tiempo regalado y me disfrazo de humano, más por dentro que por fuera, dedicado a disimular lo que fui y aún bulle como recuerdo en mi interior, y me dedico a mentir y engañar, a camuflarme y negar la verdad, al tiempo que me miento y me niego la verdad, mientras busco, con mi tiempo prestado, una paz imposible y una vida humana sin tacha ni sospecha, de la que no puedo extirpar el miedo ni el sentimiento de culpa, como si mi transformación en monstruo fuera el pecado original y mi regreso al mundo de los vivos, mi resurrección, un crimen aún mayor.

Prefiero no pensar demasiado en una recaída. Tampoco quiero plantearme si existe un riesgo cierto de ser descubierto, desenmascarado. ¿Y si aquella desagradecida se cruzaba de nuevo en mi camino y me reconocía? La gorda humana perdida y asustada, la joven Lisa que me odiaba por ser quien yo era, porque no podía hacer otra cosa ni yo, probablemente, habría actuado de otro modo en su lugar, la misma que, al mismo tiempo, se avergonzaba de ello sabiendo que me debía la vida, su propio tiempo prestado, ¿me señalaría con el dedo al grito de «monstruo» si nos volvíamos a encontrar? Quizá ni me reconociera. Ahora, externamente, yo era un verdadero humano. Ella, que tanta repugnancia sentía por mi otro yo, que se ponía tensa ante mi mera proximidad, habría deformado mi aspecto en su memoria, me habría convertido en un ser aún más atroz de lo que sus sentidos mostraron a su mente aterrorizada. No, de ello estoy casi seguro, ella no me reconocería. Mi disfraz funcionaría mejor con aquella pobre desgraciada que con cualquier otra persona. Igual que yo ahora odiaba más que nadie la cercanía de los zombis, sin saber si estaba realmente inmunizado contra su ponzoña, había borrado cualquier resto de aquel vínculo que sentí. Yo, renacido entre ellos, podía sentirme su semejante mientras no completé del todo mi curación. Pero no tras ella, cuando ellos mismos me identificaban como humano al que atacar y devorar y yo deseaba sentirme distinto y ajeno a aquellas deleznables criaturas, resaltando las diferencias e incrementando la distancia, física y emocional. Ellos volvían a ser monstruos en mi imaginación y me preocupaba más rehuirlos que sanarlos. Hasta el punto de que casi llegaba a comprender a aquellos salvajes que los aniquilaban por deporte, con la excusa de evitar la extensión del mal y ocultando miedo, asco y el recordatorio de que allí dentro quizá quedaba una brizna del humano que fueron. Todos y cada uno de ellos. Humanos como tú y como yo, aunque yo también dejé de ser humano. Como quizá, abrazando la bestialidad que decían combatir, los cazadores perdieron parte de su humanidad, la que los caracterizaba ética y moralmente. Pero yo los comprendía. Aunque sospechara que algún humano podría aún ser rescatado de entre los zombis. Que yo no podía ser el único caso de recuperación. Quizá había cientos o miles como yo que habían recorrido el camino inverso, humanizando su físico y recuperando su mente. ¿Y si todos los espantajos, tarde o temprano, superaban la «enfermedad» y volvían a ser humanos, por más tullidos o deformes que quedaran a partir de las llagas y muñones irreparables que ahora los adornaban? En eso yo también había sido afortunado. Mis lesiones no habían sido tan graves como para dejarme desfigurado o inválido. ¿Cómo ocultar en ese caso el pasado y las taras heredadas? Y, sin embargo, aunque la razón y el propio corazón me movieran a compasión, esa misma mente racional y los sentimientos más intensos se movían en sentido contrario: si yo quería reintegrarme entre los humanos, debía marcar diferencias con los otros. Como en cualquier guerra de todo tiempo, el enemigo, aun esas piltrafas humanas que arrastraban su podredumbre y su ansia de sangre, debía ser considerado un monstruo, un extraño, alguien tan diferente y odioso como para desear su muerte y considerarla una bendición, una parte irrenunciable para la completa curación del mundo y sus males. Me sentía capaz, en los días más negros, de empuñar yo el arma y dispararlos henchido de ira e invadido por la más profunda hostilidad y animadversión hacia ellos, quizá mezcladas también con el odio hacia mi propio pasado reciente, con el que quería romper. Pero solo pude mantener la sangre en mis ojos hasta que contemplé una carnicería, la que debía ser liberadora y me convirtió en apóstata del odio, de su violencia, la locura y la maldad que me inoculaba. Renegué del odio nuevamente, sí, aunque no lo suficiente como para recuperar mi amor por esa parte perdida de la humanidad ni para hacerme confesar mi pasado como zombi, que seguía resultándome odioso y vergonzante, como un pecado original del que la víctima se siente responsable y artífice.

Integrarme de nuevo en el género humano me resultó tan extraño como sencillo. Fue mucho peor realizar brevemente el camino inverso de buscar a los que no mucho tiempo atrás consideré mis semejantes. Acercarme a aquellos subhumanos fue casi traumático por lo que supuso tanto a nivel emocional como por el peligro en el que me vi inmerso.

Una vez comprobado que mi nuevo aspecto humano era real y admitido que no me engañaban ni mis sentidos ni la mente —ya sé que son lo mismo, pero todavía, por costumbre y autoprotección, procuro no recordármelo y dar por hecho que son entes separados—, decidí volver a un pueblo humano. Andaba yo determinando más que el si el cómo y el cuándo trataría de introducirme en un poblado humano sin transformar, donde las personas y sus comportamientos siguieran aparentando normalidad. Como no terminaba de decidirme, deambulaba de acá para allá, buscando comida y recursos al tiempo que rehuía a monstruos y humanos por igual, temeroso de la reacción de los primeros, tan distinta, como había comprobado, a la que me dedicaban cuando todavía me asemejaba a ellos, y confuso aún respecto de la de los segundos, lo que me hacía retrasar indefinidamente mi reingreso al mundo de los vivos.

No buscaba activamente pasar desapercibido o esconderme. Rehuía la compañía ajena pero no me ocultaba de los posibles observadores. Y, si bien pude evitar un encuentro indeseado con zombis, no logré escapar de la vigilancia de mis congéneres humanos. No se dedicaban expresamente a dar caza a monstruos ni a buscar individuos desvalidos a los que poder rescatar. No escrutaban minuciosamente el terreno a la espera de identificar cualquier presencia o movimiento sospechoso. Pero sí que vigilaban. Patrullaban los alrededores para cuidar la seguridad de su propia ciudad. O eso fue lo que me dijeron después que hacían. Recorrían a pie los alrededores de su asentamiento, siempre en grupos de tres o cuatro individuos, todos armados y deseosos de eliminar cualquier riesgo, aunque para salir del aburrimiento que los mortificaba fuera necesario exponer sus propias vidas al peligro. Quizá aquellos paseos eran más saludables y necesarios para su salud mental que para la seguridad física de su ciudad. El caso es que me descubrieron. El caso es que me vigilaron durante varias horas hasta decidirse a intervenir. Uno de ellos se me acercó, al margen del criterio de sus compañeros a los que no se dignó consultar antes de actuar. Me descubrió. Me vigiló. Me rescató, salvándome no sé si de los numerosos peligros y sinsabores de aquella precaria existencia como vagabundo o, más probablemente, salvándome de mí mismo, siquiera de un modo parcial, liberándome de temores y dudas sin posibilidad de retractación. Me descubrió y me llevó de nuevo al mundo de los vivos.

Mi rescatador se llamaba Denís. Y su mundo de vivos era mucho más triste que mi existencia previa a la plaga tal y como yo la recordaba, y también idealizaba. Por desgracia, el mundo y las existencias se habían tornado mucho más grises y tristes desde entonces. Saber que ya nada era perfecto no atenuaba ni mi emoción ni la alegría de volver. No impedía que, para mí, aquel cambio no fuera la materialización de un deseo largamente atesorado en mi corazón: me recibieron y trataron como humano. Me dieron, en resumen, una nueva vida de humano, verdadera e ilusionante, por más que gris, triste y peligrosa, como todo el mundo se había vuelto desde hacía meses.

Denís me consideraba sospechoso, aunque no sabía bien de qué. Porque, ¿qué humano rehuía el contacto de sus semejantes y de los zombis por igual? Un loco, un eremita o un fugitivo, un malvado que huía más de sus crímenes que de la compañía ajena. Aunque en estos tiempos convulsos ningún criminal o malhechor podía compararse a los monstruos sin memoria ni corazón que segaban vidas sin intención ni mal querencia, de modo tan insensible como cruel.

—¡Bu! —me dijo Denís a modo de presentación, medio en broma pero con esa mirada torcida que tanto miedo podía hacer sentir.

Me había pillado. Desprevenido, desarmado como siempre iba. En lugar de tranquilizarme, me apuntó con su pistolón, una escopeta modificada, con cañones recortados y una culata que no le correspondía.

—¿Quién eres y de dónde has salido?

Él no tenía miedo de mí. Mi presencia no le generaba ninguna inquietud. Aquello era un interrogatorio usual a cualquier desconocido. Más necesario, a sus ojos, que el dedicado a otros tan solo porque mi comportamiento era anómalo. Yo, al contrario, temí por mi vida, por esa humanidad aún imperfecta apenas recuperada. Por un momento imaginé que aquel extraño veía en mí la imagen del monstruo que fui, la fea carcasa que yo, en mi locura, había hecho desaparecer para mi percepción alterada. Pero no era así. Simplemente, quedaban pocos humanos solitarios capaces de preservar sus vidas. Pocos humanos solitarios y que deambularan sin objetivo aparente por aquellas tierras infestadas de zombis. Él los cazaba, según me dijo. Y yo temí que hiciera lo mismo conmigo, que fuera capaz de leerme en la expresión y los gestos lo que había sido, que desconfiara de mi aspecto tanto como de mi interior inaccesible, y me descerrajara un tiro. Le mentí, pues no podía hacer otra cosa. Y mis vagas razones, mi confusa explicación de una huida en compañía y la pérdida de quienes iban conmigo a manos de una turba salvaje de monstruos pareció convencerlo, como si fuera cosa habitual tropezar con humanos perdidos y asustadizos que habían salvado sus cuerpos de un ataque pero habían quedado marcados en el alma, desde entonces confusa y en el limbo que conduce a la locura. Me creyó, decidió rescatarme y trató de brindarme ayuda y esperanza para recuperar la cordura, para construir una nueva esperanza, en su pueblo, junto a sus amigos que eran más que una familia para él que, luego lo supe, también había estado perdido y en peligro de muerte hasta que sus nuevos hermanos decidieron acogerlo y adoptarlo, como él deseaba hacer conmigo.

Así pues, Denís me rescató y me adoptó. Decidió protegerme, cuidarme. Durante un tiempo no tuve claro si me acogía como mascota, como hermano pequeño o como compañero y compinche. Para mi sorpresa, decidió convertirme en amigo, en confidente y persona de confianza. Yo le devolví idéntica fidelidad y amistad, aunque me reservé mi pequeño gran secreto de una vida pasada como zombi y una incómoda transformación que me mantuvo durante meses en un estado híbrido, recuperada mi mente humana pero conservando el cuerpo de un monstruo. Él no me exigió nada a cambio de su ayuda, igual que los demás humanos del grupo en que me integré me aceptaron con los brazos abiertos, sin preguntas acerca de un pasado que intuyo debe de haberse vuelto incómodo de recordar para la mayor parte de la gente. Pero la ausencia de exigencias no significa que yo no me sintiera obligado a escoger y decidir. Debía encarar mi futuro pero debía hacerlo tras una elección previa, que no era otra que la de escoger entre acarrear y airear mi pasado o tratar por todos los medios de soslayarlo, de ocultar cuanto no fuera esencial de mi vida anterior a la hora de afrontar los desafíos de la presente. Me decidí, obviamente, por la última opción. Entre aquella porción no esencial descubrí que podía incluir mi episodio de alienación zombi y la lenta y paulatina recuperación. No solo podía omitir de mi vida pasada aquellos hechos incómodos y peligrosos para mi imagen sino que deseaba hacerlo. Mentir no era una opción sino un deseo, el principal propósito a la hora de crear mi nueva imagen como humano normal, con su carga tan habitual en estos tiempos de traumas asociados a la extensión de la pandemia y la subsecuente extinción de familiares, amigos, compañeros y todos los modos de vida que hasta hacía tan solo unos meses parecían los naturales para un humano contemporáneo perteneciente a una sociedad tecnificada y que se consideraba, de un modo por completo equivocado, moderadamente segura.

Cada vez que callaba, sentía una punzada de culpa. Pero era soportable y la costumbre, el hábito al que conduce, la tornaba cada vez más débil hasta hacerla insignificante, perfectamente asumible. Idealmente —y es esta una palabra a la que me he aficionado de un modo que me parece más realista que decir teóricamente, con la carga de demostración que parece incluir esta última—, mi caso podía suponer un punto de inflexión en la pandemia zombi. Mi cuerpo, mis genes, mi sistema inmune, vaya usted a saber qué tipo de sinergia de factores que habían confluido en mi persona, contenían la oportunidad de salvación para toda la semihumanidad condenada por aquella maldición que aniquilaba las voluntades y mantenía la vida física en una suerte de suspensión, próxima a la muerte pero que solo coincidía con ella en la ausencia de actividad cerebral consciente. Mi caso iba más allá de la curiosidad médica o un titular para la cabecera de un noticiario. Se trataba, quizá, del milagro que tantos habían buscado: la recuperación de lo que, hasta la fecha, se venía considerando un mal incurable, una transformación irreversible. Yo podía haber sido el salvador de la humanidad. Mi cuerpo, entregado a manos de la ciencia, habría debido servir como vehículo para encontrar una cura universal, una vacuna quizá contra aquella ponzoña que había convertido a millones de personas con vidas activas llenas de sentimientos, emociones y hechos humanos, en fantoches condenados a un infierno de violencia ciega y sin sentido. Pero no me atreví a ofrecerme como redentor. O más bien temí tanto no llegar a serlo de verdad que preferí apartarme del escenario aun antes de haberme presentado en público. Me espantaba convertirme en mono de feria, en monstruo de barraca al que visitar un instante para odiar toda una vida. No quería ser el hombre elefante por el que se siente lástima y que, al tiempo, causa aprensión y repugnancia. Y tampoco deseaba convertirme en cobaya humana, sometido indefinidamente a análisis y pruebas que en mi imaginación aparecían vejatorias y crueles aun antes de saber en qué hubieran podido consistir. Para ser héroe muchas veces hay que convertirse en mártir y ese no era mi deseo ni albergaba ninguna vocación al respecto de asumir el papel de santo al que se inmola en el altar sacrificial. Temía el dolor y el fracaso pero, más que ninguna otra cosa, temía la vergüenza y el rechazo. Para ser mártir debía reconocer, al mismo tiempo, que había sido monstruo, que la putrefacción tomó posesión de todo mi cuerpo y la ponzoña zombi había corrido por mis venas hasta que se obró la milagrosa transformación, de la cual nadie podía saber si sería permanente o definitiva.

La peor situación que viví entre mis nuevos compañeros fue mi primera y última cacería de zombis, pues fue la única que presencié. No se trataba de un deporte ni un divertimento. No había crueldad en las acciones. Parecía más bien un trabajo o una necesidad, una suerte de ritual emancipador de purificación. El objetivo no era solamente vigilar la zona para protegerse de peligros, eliminándolos de raíz como mecanismo más eficaz de defensa. Había cierta dosis de terapia o catarsis en el proceso. Había que eliminar a aquellas criaturas no solo porque eran peligrosas sino porque se trataba de seres desgraciados, perdidos y dignos de lástima. Cuando mis nuevos compañeros me comunicaron sus intenciones, y la justificación de su proceder, debí de poner un gesto extraño, de desagrado, incomprensión, extrañeza, un poco de todo ello a la vez, supongo, lo que llevó a Denís a preguntarme qué me ocurría y luego a darme una explicación más extensa, la suya y de todo el grupo, que se repetía como una letanía interiorizada sin apenas razonar. Yo admití que me repugnaba la idea de aniquilar a aquellas criaturas.

—Fueron humanos, sí. Y quizá aún haya algo de humano en ellos. ¡Quizá hasta podrían recuperarse! —sugerí como un ilusionante acaso.

Denís me observó con simpatía. También con pena. Con la mirada cómplice que se dedica a un niño antes de descubrirle la verdad que se oculta tras su infantil interpretación de unos hechos que son mágicos o sencillos tan solo para sus ojos.

—¿A quién perdiste? —me preguntó, apenas sin esperar respuesta, dispuesto a no indagar más y respetar el secreto, que intuía presente y doloroso— No te hagas ilusiones. Quien quiera que hubo allí dentro ya murió. Y no volverá. No queda nada de él dentro del monstruo. Al principio decían que buscaban una cura, una vacuna, decían. Pero no han sido capaces. Tal vez ni la han buscado. Y estas piltrafas siguen arrastrándose, deteriorando la carcasa que un día albergó un humano. Lo mejor que se puede hacer es acabar con ellos, liberar las almas torturadas que puedan quedar en su interior, para que la memoria de lo que fueron pueda quedar en paz.

Me pregunté si también dispararía a un monstruo, con intención asesina, si reconocía en la criatura a un ser querido que consideraba perdido. ¿Dispararía igual a un niño zombi? Pero pronto aparté de mi mente tal pensamiento. Era absurdo. Uno no reconoce como semejantes a los enemigos. Claro que dispararía. Con más razón, quizá, si poseía los rasgos deformados de la persona amada a la que desearía liberar de aquel destino espantoso. Aquello era una guerra a muerte, un ellos o nosotros en toda regla en el que solo podrían sobrevivir la barbarie ciega o los rescoldos de una civilización que no logró nunca desconectar de la violencia que la vio nacer pero que, tras su reciente final, todavía conservaba restos de solidaridad o empatía entre los pocos supervivientes. En cualquier guerra, aún más en las fratricidas, como las guerras civiles o las de clanes familiares emparentados, se cosifica y ningunea al enemigo. Se lo convierte primero en extraño y extranjero, luego en monstruo, inhumano y bestial, malvado. Entonces ya no causa ningún reparo aniquilarlo. Extirpar su vida como se extirpa un tumor o se aniquilan una plaga o un parásito. Uno no habla con un cáncer para convencerlo de que se vuelva benigno, uno no dialoga con los patógenos que causan una epidemia. A los enemigos se los combate hasta la extinción y no otra cosa podía hacerse, a ojos de Denís y de todo su grupo, posiblemente a ojos de toda la humanidad no contagiada por el mal pero contaminada ya en su alma por el miedo y el dolor, con aquellas criaturas lamentables que habían usurpado los cuerpos de personas cuyas almas ya no estaban allí y de quienes solo quedaba el triste despojo de su carne y sus huesos. Merecían el tiro de gracia, como cualquier bestia enferma y sufriente a la que no se puede sanar o calmar su agonía de otro modo.

—Incluso si se recuperasen, y mira que lo que te digo es mera fantasía, y volvieran a ser humanos, ya no podrían ser como antes. Si hay algo de humano dentro de estas criaturas, si el alma de los humanos que fueron aún habita en estas carnes descompuestas, ya nunca serían los humanos de antes. En el caso de que guardasen una mínima memoria de lo vivido desde la transformación, sería insoportable conservar tanta atrocidad en el recuerdo y no volverse completamente loco.

«Uno no habla con un tumor», me repetía yo mentalmente mientras Denís proseguía con su argumentación.

No me costaba entender su postura, sus miedos. Suyos y de todos los demás. Pero también sabía que los recuerdos no eran tales sino ensoñaciones. Que uno podía vivir perfectamente con la carga de aquellos fogonazos, de aquellas escenas de las que podías ser espectador pero nunca responsable. Yo al menos podía, y nunca pensé que mi caso fuera excepcional o yo diferente de otras personas. Además sabía que el mal era reversible, que los zombis podían recuperarse. ¡Que yo me había recuperado!

No sé si me habrían creído si se lo hubiera contado. Lo cierto y verdad es que callé. Tomé mi decisión y la asumí como irreversible. Era entonces o nunca. Podía confesar mi caso, descubrirles mi corazón y mis miedos, mi ilusión, la buena nueva del milagro. Pero no lo hice. Porque pensé, lo sentí o lo supe, no sé, que tenían razón. Que los humanos estaban perdidos y no merecía la pena ilusionarse ni seguir luchando por rescatar a todos esos desgraciados que debían haber llevado meses enterrados en paz en sus tumbas, como yo debería haber estado. Que no sabía realmente si mi caso podía extrapolarse a otros ni si existían personas o la tecnología capaces de analizarme para obtener un medicamento, una vacuna o la cura. Y temí, como ya venía temiendo desde hacía tiempo, que alguno de ellos, asustado repentinamente al saber que no siempre había sido el humano que aparentaba, me convirtiera en enemigo, en cáncer a extirpar, y me descerrajara un tiro sin contemplaciones, con afán sanador, como el que quema la piel para cauterizar una herida cuya evolución se intuye peor que el mal inmediato. Callé mi secreto, pues, y la ocasión de hablar no se presentó ni yo la busqué. Mi suerte y mi decisión estaban hechas. No obstante, aún repliqué a mi nuevo amigo:

—No hay nadie. No para mí. Y quizá tengas razón. Son monstruos y no pueden ser otra cosa. Ya no hay nada humano en ellos salvo un resto deforme de su apariencia original. Pero yo veo a los humanos que fueron y no me siento capaz de disparar ni de hacerlos mal. Ni sé si existe la posibilidad de recuperarse, con o sin medicamentos, pero si alguno regresa del infierno, prefiero que sea el retornado quien se enfrente a los demonios de su pasado, y no yo quien decida, como un dios vengativo en el que no creo, que su vida suspendida debe tocar a su fin.

Quizá otro me habría llamado cobarde o me habría dado la espalda. No Denís. Me miró con pena, movió la cabeza hacia ambos lados. Me dijo que me equivocaba. Y que las ilusiones sin esperanza dejaban de ser bonitas. Pero no me obligó a empuñar un arma, aunque me ofreció una pistola para que me defendiera. Ni más adelante me pidió que los acompañara en nuevas expediciones de aniquilación. Y, lo que es más importante, aunque no estaba de acuerdo con mi visión, en lugar de apartarme de su lado, desde entonces, justo cuando se había consumado mi mentira, el ocultamiento de la verdad más trascendente que albergaba en mi corazón, el me tomó más confianza y me convirtió en su amigo y consejero, en aquel cuya opinión y criterio tenía más en cuenta a la hora de tomar una decisión.

Uno no dialoga con el cáncer. Y yo no disparé una sola vez contra los monstruos. Pero presencié la carnicería. No sé si llamarla matanza cuando aquellos seres estaban muertos prácticamente a todos los efectos, con su mente desligada, o casi, de sus cuerpos y de sus acciones, mecánicas y automáticas. Y sentí dolor y vergüenza. Dolor por las criaturas y los asesinos. Vergüenza por mí mismo, por mi silencio y mi cobardía, mi verdad. Pero no tanta como para sincerarme acerca de mí ni seguir defendiendo a aquellos seres deleznables que trataban de atacar y morder a los humanos mientras las armas de fuego los hacían saltar en pedazos.

Más tarde he visto cómo otros zombis, otros exhumanos, eran finalmente aniquilados. Zombis solitarios, zombis en grupo. Unos que trataban de atacar, armados tan solo con su ira ciega y su hambre insaciable. Otros momentáneamente pacíficos, detenidos o catatónicos. No me atrevo a llamar sueño a su inactividad, cuando sus ojos vacíos tampoco se cierran al modo normal de quien duerme. Quienes eran destruidos se habían convertido en monstruos y quizá eliminarlos, borrar así el residuo en que se habían convertido, suponía de veras un acto de piedad. Así lo veían mis compañeros. Yo, aun entendiéndolos, no podía verlo igual. No diré que consideraba hermanos a los zombis destruidos. Ya no veía en ellos las personas que fueron: padres, madres, hijos, hermanos, abuelos, amigos, compañeros. Gente como tú o como yo. Más como tú en su pasado. Más como yo en el mío reciente, el yo que aún recuerda a medias lo que era estar preso en un cuerpo sin mente, tras la transformación. Tampoco sentía pena por ellos. Ya no. No me identificaba con esos engendros ni inventaba inexistentes dolores o alivios. Pero tampoco participaba de las muertes. Hasta ahí llegaba mi afinidad. Todavía me causan repugnancia sus muertes inútiles, que podían haber sido la mía. Si es que alguna muerte puede considerarse útil o provechosa. Quizá si va precedida de un sacrificio por el bien común pueda considerarse así, beneficiosa de algún modo para el resto de mortales a los que aún no ha llegado su día. Denís diría, cargado de cinismo y razón, que para esas criaturas el desaparecer, dejar de ofender a la naturaleza, a Dios y a los hombres, era beneficioso en sí mismo. Yo, aunque no estoy tan seguro, puedo sentir igualmente odio por ellos, igual que aborrezco a la criatura en que me convertí y que todavía me acompaña, como memoria borrosa de lo que fui, durante las espantosas pesadillas que me asaltan con demasiada frecuencia. Por eso, además de odiarla, reniego de ella, no sé hasta qué punto lo hago de mí mismo.

No todas las pesadillas son iguales. No siempre están cargadas de recuerdos o reminiscencias de aquel tiempo, con la clara sensación de cosa vivida y no mera fantasía del dormido. El miedo, el sudor, los escalofríos y gritos con que me despierto son tan reales que me hacen sospechar que aquella violencia ciega que puebla mis sueños fue real y, de algún modo, yo participé de ella, si es que no fui su artífice. No hace mucho tiempo tuve un sueño distinto. A ver, he tenido muchos sueños diferentes, típicas ensoñaciones vacías, donde se mezclan recuerdos y experiencias con fantasías inocuas. Los sueños normales, los que antes solían ser más frecuentes si es que los recordaba al despertar. Me refiero a un sueño reciente y distinto. Una fantasía pero también una pesadilla. Una horrible reelaboración de acontecimientos recientes por parte de mi subconsciente.

Doy a entender que las matanzas y carnicerías que he presenciado en las que las víctimas son los zombis no me afectan demasiado. Pero no es cierto. Me afectan y me agobian más de lo que estoy dispuesto a admitir. Igual que los secretos que me obligo a mantener. En el sueño en cuestión que, por suerte, no se ha repetido, yo participaba en una cacería de zombis. Iba armado hasta los dientes, igual que mis nuevos compañeros humanos. Buscábamos un nido de monstruos, como si las patéticas criaturas pudieran organizarse en colmenas y no responder asociándose solo ante el olor de carne o sangre frescas, sin plan ni coordinación. En mi sueño eran los mismos descerebrados que conozco, seres sin alma, o portadores solo de una vida inferior a la de un animal sensible. Torpes engendros sin más voluntad que la de aniquilar para comer y sobrevivir. Sin planes de ataque ni una organización defensiva. En el sueño entrábamos a su nido, a su ciudad de zombis en la cual, como un rebaño de reses en estampida, todos se movían de modo absurdo, tratando de huir atropelladamente pero sin orden ni concierto. Todos disparábamos al bulto. Yo dirigía mi arma hacia el grupo, casi sin apuntar. Veía caer a aquellos despojos uno tras otro, los mutilaba y destrozaba. Y me reía. Desataba mi ira con placer, notando que mi corazón latía más rápido y se llenaba de gozo y alivio. Luego los miraba, veía sus rostros indistintos y hasta reconocía caras y gestos, sin rasgos verdaderamente humanos aunque conservaran casi todas las partes normales de una anatomía humana, por más que sus carnes fueran tumefactas y muchos cuerpos y extremidades estuvieran incompletos. Disfrutaba de cada disparo, de cada culatazo que reventaba un ojo incapaz de ver o una boca ansiosa. Me sentía cazador, justiciero, vengador. Me sentía feliz masacrando a aquellos seres a los que odiaba. No sé si mis risas del sueño, histéricas y dementes, se traducían en risas reales o gemidos mientras dormía. Me sentía absurdamente feliz, capaz de acabar con todos los seres de pesadilla sin sentir ningún cargo de conciencia. Los monstruos no eran humanos ni nunca lo habían sido. Era como encontrarme en medio de un videojuego de acción, como protagonista que masacra enemigos construidos solo de píxeles vacíos, como en uno de esos juegos de falsos zombis en los que disparar sin pensar era norma y objetivo. Me sentía todopoderoso, sin miedo a que alguno de ellos me derribara, me mordiera o arañara. Todos estaban a mi merced —ya no veía a ninguno de mis compañeros humanos cumpliendo con su parte en la matanza—, solo yo juez y parte, ángel vengador. ¿Dónde quedaba en mi sueño el deseo de salvar a los humanos que fueron? Obviamente, el sueño no necesita ser coherente ni sensato. Proseguí mi masacre, avanzando sin pensar, acribillando criaturas como si tuviera balas infinitas, aunque también podía blandir armas blancas o mis propias manos para destruir a algún que otro desgraciado. Aquella vorágine de sangre me emocionaba y llenaba de alegría. Hasta que tropecé con un último monstruo y contemplé su cara sin alma. Y esa cara era la mía, pálida y enjuta, con las llagas que portaba cuando aún estaba a mitad de camino de la sanación. Solo entonces sentí escrúpulo y miedo. Me sentí monstruo y desperté soltando un alarido absurdo que alarmó a alguno de mis compañeros de cuarto que también dormían. Sudaba con profusión y mi corazón latía a mil por hora. La pesadilla había terminado pero su recuerdo me hacía sentir tan sucio o más que las pesadillas de sangre habituales en las que yo era el zombi asesino. Ahora, como asesino imaginario, era un verdadero monstruo, acompañando mis supuestos crímenes con el agravante de mi consciencia: sabía lo que estaba haciendo y disfrutaba con ello. ¿No era yo quien los salvaría? Pretendía contar mi historia de superación y recuperación: la peste era reversible, la humanidad podía salvarse, quizá existía una vacuna. Curiosamente, mis crímenes soñados me mortificaban más que las punzadas de mi conciencia por haber mantenido mi secreto. Una vez más me pregunté si debía confesar quién era y lo que me había sucedido.

Aunque, por otra parte, me dije de nuevo: ¿para qué serviría? ¿A quién le iba a interesar mi historia? ¿Realmente los humanos, a estas alturas, necesitaban la esperanza de una curación? El tiempo de la pena, de la empatía o del mero análisis parecía haber concluido, si es que alguna vez existió. La mayoría de las personas apoyaban la confrontación total. Solo deseaban la eliminación de la ponzoña y sus portadores. Para acabar con la peste deseaban aniquilar a todas las ratas, a los engendros que padecían el mal. Siguiendo con el símil del cáncer, tan solo deseaban su completo exterminio, la extirpación total. Era la única solución en la que todos creían. Y, posiblemente, también la única que habrían abrazado gustosos si les hubieran planteados otras alternativas. Así pensaba y me decía. Pero no podía evitar que una voz interior, cada vez más pequeña y arrinconada en un margen de la conciencia, me repitiera que era así como yo lo deseaba ver. Que nunca sabría si los humanos deseaban esperanza y reconciliación si no confesaba mi transformación. Que, si no luchaba por salvar a aquellos desgraciados, era yo más culpable de su segunda muerte, la de la esperanza que significaba su posibilidad de recuperación, que los tiradores que les disparaban sin misericordia ni escrúpulo.

Pero lo cierto es que callé y oculté. El hecho ya no tiene remedio ni yo, en realidad, estoy dispuesto a ponérselo al coste que ello implica, a mi juicio, para mí mismo. Actúo egoístamente, con miedo también. Y mantengo arrinconada esa parte melindrosa de mi conciencia que me recrimina mis actos. No puedo eliminarla y, de vez en cuando, la culpa me muerde. Pero, en general, consigo tolerar su presencia. Como los hombres han hecho en toda época, mirando hacia otro lado ante crímenes ajenos, obedeciendo órdenes de tiranos o actuando ellos mismos contra su conciencia, yo decidí preservarme y no abrir la puerta de la esperanza o la del suicidio. Nunca me he dejado arrastrar por la curiosidad de comprobar cuál de las dos, si la muerte o la búsqueda de curación, me esperarían tras el umbral. Quizá en el futuro me confiese y estas notas se conviertan en innecesarias o mero complemento de mis actos. Sospecho más bien que serán leídas tras mi muerte, si es que se conservan para entonces y alguien siente la curiosidad de hurgar entre mis cosas y prestar atención a estas memorias. Si es el caso, ya no me dolerá y, por el momento, sirve de concesión a esa conciencia picajosa que, de tarde en tarde, me mortifica y me anima al sacrificio, la autoinmolación en el altar del supuesto bien común.

TRAMPANTOJO

La conciencia no me agobia tanto como para quitarme el sueño, el de humano cargado de pesadillas inconfesables de su pasado. Hay otros pensamientos que sí me asustan y obsesionan bastante más. Unos tienen que ver con lo que fui. Otros, con que alguien reconozca en mí al monstruo que hubo aunque ahora ya no esté, o permanezca oculto tras esta fachada humana. ¿No serán los restos del monstruo que ocupó mi lugar los que me hacen callar y mentir? Soy débil y egoísta, cobarde y desconfiado. Ello no justifica que condene o ayude a condenar a los que fueron mis semejantes —humanos antes de la plaga como yo y zombis durante la misma como yo lo fui, sin la ventaja de la sanación en su caso—, con mi silencio y mi hipocresía. Ni puedo convencerme de que el tiempo borre del todo al humano y ya no haya cura posible para ellos ni de que mi sacrificio fuera necesariamente tan inútil como la razón y el instinto de conservación me dicen.

No solo es instinto de conservación. El egoísmo sabe manifestarse de diferentes formas y, en mi caso, el componente afectivo no es el menos importante. Yo, que siempre pensé en mí mismo más como misántropo que como persona sociable, me veo encantado de sentirme acompañado y aceptado. Desde los tiempos de mi ya lejana adolescencia, enmascaré en desidia o timidez mi desgana a la hora de relacionarme con mis semejantes, más en el trabajo que en cualquier otro ámbito. Pero lo tiempos cambian y, con él y las circunstancias, el carácter propio se moldea igual que los gustos y hasta las pasiones. Tuvo que llegar el fin del mundo, epidemia zombi y transformación de por medio, para que, apenas comenzar a recuperar mi humanidad, mi máximo deseo no fuera otro que el de mezclarme con mis congéneres, por relacionarme con ellos tanto como por sentirme integrado en sociedad, sancionada mi humanidad por el beneplácito de mis semejantes, ignorantes todos de mis dos transformaciones, primero la alienante, después la humanizadora.

Podría mencionar la entrada en escena de Edith como el factor que me decidió a mantener el silencio. Pero mentiría. Muchas veces tiendes a justificarte buscando razones o inventando argumentos para tus decisiones. Yo lo hago a menudo. Pero ahora mismo no estoy dispuesto a mentirme al respecto. Mi cobardía no necesita ser enmascarada. Tampoco mi egoísmo.

Es verdad que Edith me cambió la vida un poco más. Su presencia me impresionó. Su aparición en mi vida me movió por dentro, después de estar adormecido durante mucho tiempo, y no solo el de mi ausencia por convertirme en zombi. Edith es una mujer hermosa y fuerte. No sabría decir cuál de ambos aspectos fue el que más me atrajo de ella. Sospecho que fueron su carácter y su personalidad arrolladora los que me hicieron verla hermosa, darme cuenta de su belleza. Llegó al poblado tres días después de mi adopción. Había estado patrullando y me dirigió una mirada más de lástima que de sorpresa, como si me hubiera juzgado antes de saber mi historia. No sé si vio mi cobardía, mi pusilanimidad, mi vulnerabilidad. Había pena en su mirada, junto con cierta condescendencia, cuando nos presentaron. Más tarde, con el paso de los días y la convivencia, hicimos buenas migas. No sé si suficientes como para alterar esa primera impresión, la que yo creó que se llevó cuando menos. Yo le conté mi vida, trufada de mentiras y omisiones de los últimos tiempos. Ella me contó poco de la suya, nada relevante. Destiló, a partes iguales, dolor por sus pérdidas y odio, repugnancia también, hacia las desdichadas criaturas que habían sustituido a tantos humanos, llamándolas bestias y abogando por su completa erradicación, como acto más de piedad que de venganza o ira. Podría decir que me sentí inmediatamente atraído por ella. Enamorado después. Y sería cierto. Podría decir que su opinión acerca de los monstruos me decidió a callar mi pasado, a ocultar mi condición de ex-zombi para no caer en desgracia ante ella. Pero no sería cierto. La ocultación estaba decidida desde antes. Quizá desde el día en el que Lisa me abandonó. Mi corazón pronuncia traicionó, aunque no existiera verdadera deslealtad sino tan solo miedo y repugnancia hacia mí, mucho mayores que el agradecimiento que pudiera sentir porque la hubiera salvado de un destino espantoso. Creo que el asco le sirvió para borrar cualquier resto de agradecimiento y que su único deseo, el objetivo de aquella huida, era desligarse por completo y definitivamente de mí, no tener que soportar mi asquerosa presencia que le recordaba lo cerca que ella misma había estado de convertirse en un monstruo semejante, o peor, si consideramos que la pérdida de la consciencia es un agravante de la situación.

Yo mismo era capaz de mantener un espíritu supuestamente filantrópico cuando el problema que quería solucionar me afectaba a mí mismo. Entonces mi curación milagrosa era una oportunidad para todos.

Pero luego, cuando comprendí que podía recuperar mi vida sin taras visibles, cuando el problema había quedado a un lado, perdí el deseo de exponerme. Las cicatrices del alma no se borran, pero tampoco se ven y sí que pueden ocultarse. ¿Por qué reconocer que había sido uno de aquellos espantajos? ¿Quién podía asegurar que yo estaba curado del todo y no sufriría una espantosa recaída? Yo mismo quizá sintiera asco de alguien como el ser en el que me había convertido o, cuando menos, cierta desconfianza. Igual que sientes un temor irracional a que el convaleciente de una enfermedad infecciosa todavía te pueda contagiar el mal del que se supone que se ha recuperado. Ni una cuarentena hacía que desapareciera la desconfianza hacia el apestado, tuberculoso o leproso supuestamente sanado de su mal. Tanto más en este caso, en el que soy consciente de que quedan llagas por dentro y el temor insuperable a transformarme de nuevo en zombi. Quizá pierda mi aspecto humano otra vez, algún día. Mi alma ya está manchada, como mis recuerdos y esa niebla que me atormenta en las pesadillas que pueblan mis sueños. No lo he racionalizado debidamente pero puede ser que de ese terror a la recaída y el rechazo surja mi negativa a reconocer lo que fui, mi deseo de disfrutar este tiempo de humanidad recuperada sin que nadie se aparte de mi lado o me señale con el dedo o con una mirada cargada de asco como la de Lisa. A veces tengo miedo de que sea ella la que aparezca de nuevo en mi vida y me reconozca. Sé que es prácticamente imposible. Las posibilidades de un encuentro fortuito ahora que las personas no se desplazan demasiado lejos del refugio que han hallado son más bien reducidas pero, más allá de la mera probabilidad del encuentro, entiendo racionalmente que sería sumamente improbable que ella reconociera en mis rasgos humanizados los desfigurados del monstruo cerúleo y lleno de llagas al que conoció y se tuvo que enfrentar. Al enemigo no se le pone cara, se lo deshumaniza por principio y, para ella, yo era su enemigo antes que su salvador y sospecho que, en caso de verme y que fuéramos presentados, afirmaría con total sinceridad que no me conocía de nada y sería capaz de tratarme con educada cordialidad. Yo, por supuesto, no la sacaría de su error. Antes al contrario, si mostrara cualquier atisbo de duda acerca de si nos habíamos visto previamente, yo afirmaría con rotundidad que nunca nos habíamos visto y justificaría la imposibilidad de que nos hubiéramos encontrado a lo largo de nuestros respectivos periplos. Sabía que mis miedos al respecto carecían de fundamento pero, al mismo tiempo, comprendía que, llegado el caso, engañarla, igual que mentira los demás, no iba a borrar mis pesadillas ni atenuaría mis temores.

Engañar a los demás o utilizarlos en tu provecho puede ser fácil según de quién se trate. Con respecto a los engañados, depende de su ingenuidad, de su inteligencia y su suspicacia tanto como del grado de confianza que les tengas. Con respecto al mentiroso, se trata de tus principios y escrúpulos, de tu capacidad para anteponer tus intereses o el beneficio que esperas obtener a la conciencia que poseas. En mi caso, comprobé que mi moralidad, el peso de la conciencia, era más flexible de lo que yo había supuesto. También puedes tratar de justificarte y de engañarte. Funciona mejor cuando no sabes que te estás mintiendo a ti mismo. Pero, en general, el resultado es peor que respecto de los demás. A fin de cuentas es a ti a quien ves cada día en el espejo y mentirte a la cara, sin necesidad de actuar o pronunciar palabra alguna, es una tarea compleja y suele resultar ingrata: que otros te pillen en renuncio te hace sentir vergüenza, por la mentira o por tu torpeza. Que te descubras a ti mismo en una mentira resulta tan ridículo como patético. En mi caso, mentirme no es tarea sencilla. Si el objeto de las mentiras es justo la peor experiencia de tu vida, aquella que más profundamente te ha marcado y cuya huella arrastras por el día y aireas por la noche en tus sueños, la situación se vuelve insostenible. Y te llena de temores. Con respecto a posibles testigos la situación es complicada: ¿Qué ocurriría si hablase en sueños y mis vecinos me escucharan? Imagina que consigues intimar con Edith y, tras una velada juntos, le confiesas en sueños tu oscuro secreto. El peor mentiroso es el que queda en evidencia sin darse cuenta. Pero a ti no puedes mentirte permanentemente y, lo que es aún peor, en privado reaccionarás exageradamente ante cualquier señal que reactive tus miedos. Eso, por desgracia, me sucede casi cada día. Porque siempre hay una ocasión en que te asustas, un pequeño detalle que dispara en tu interior la señal de alarma que te hace reaccionar de modo exagerado, incapaz de controlar el pánico. Entonces de nada sirven las palabras tranquilizadoras con las que quieras engañarte. Y, por desgracia, menos aún las de tus amigos que, si te ven alterado, intentarán calmarte sin conocer que la causa de tus males es la razón de las mentiras y omisiones que no conocen.

Personalmente, nada hay que me cause mayor pavor que una recaída. Eufemísticamente, cuando trato infructuosamente de engañarme, digo «enfermar» de nuevo. Pero no se trata de una mera enfermedad, sino de algo peor que la propia muerte. Como esos apestados de otra época a los que antes me refería, a los que supongo obsesionados por su enfermedad, yo presto atención a cada signo físico que aparece en mi cuerpo como una amenaza, a cada síntoma y malestar que puede interpretarse de mil maneras y, por más que me obligue a conservar la compostura y no sobrerreaccionar, me siento en peligro mortal hasta que la marca o la molestia desaparecen por completo. «¿Será esta la señal de mi recaída?», repite a cada instante, como una terrible amenaza, la parte de mi mente más espantada ante tal posibilidad, aquella a la que desearía poder aniquilar o mantener permanentemente en silencio, sabiendo, al mismo tiempo, que la progresión del mal, si es que llegara a producirse, sería la que, sin duda, acallaría la voz del miedo al igual que la de la conciencia y el último resto de humanidad que mi cerebro o mi ser en su conjunto pudieran albergar.

Siento pánico, el escalofrío de un terror insondable. Insoslayable también. Peor aún: inconfesable. Yo mismo me he obligado a tenerlo que mantener en secreto. Quizá algún día haga públicos mi temor y mi secreto. No por salvar el mundo sino como un desesperado intento de salvarme a mí mismo.

Ya he hablado antes de la rutina exploratoria de los leprosos. Aún enfermos o ya sanos de la enfermedad, suelen llevar a cabo una tediosa rutina de reconocimiento. La bacteria de la lepra insensibiliza las zonas afectadas puesto que ataca al tejido nervioso encargado de transmitir cualquier sensación. La exploración no trata de identificar solo las lesiones cutáneas causadas por la bacteria sino cualquier lesión asociada a la insensibilidad que la haga pasar inadvertida y susceptible de infección. Para que la llaga no se convierta en algo más grave, lo primero es localizarla y vigilarla mientras se cura. En mi caso la exploración no busca signos de la lepra, sino cualquier signo o sospecha de retorno de la pestilencia zombi. Me veo sano y me digo —me intento convencer, quizá engañar— que estoy curado. Pero temo que no sea así. No de modo completo y definitivo. Y es por eso por lo que cualquier marca en mi piel, la mínima llaga o un simple grano supurante resultante de cualquier picadura hace que se me erice el vello de la nuca. Basta con que vea una nueva señal sospechosa en mi cuerpo, extremidades o rostro para que permanezca alerta mientras me temo lo peor: «¿será la marca la primera indicación de que el mal vuelve a invadirme?», me pregunto vacilante, tratando de imponer la cordura y la razón a la histeria. Pero es difícil. Para mí al menos. Hasta que la marca no desaparece no respiro tranquilo. Y por eso permanezco ojo avizor, ejecutando, como terapia preventiva o vicio absurdo, la rutina de exploración, diaria y minuciosa, lenta y aburrida, pero también inquietante y temible. La que realizaba antes de curarme, cuando mi cuerpo era aún el de un monstruo, estaba cargada de miedo pero también incluí un punto de esperanza ante el cambio inesperado que podía suponer el inicio de la mejoría. Ahora la única esperanza es que no haya cambio o que se haya corregido el que me preocupa. Cada mancha, cada grano, cada rozadura o arañazo son causa de temor y motivo para repetir, día tras día, ocasión tras ocasión, la maniática inspección para comprobar que la mancha de un golpe no extiende su color y morbidez por una región más extensa de la piel, que un grano no es otra cosa que una picadura o un pelo enquistado, que una herida es un corte y no resultado de la putrefacción incipiente de mis carnes. Si alguien me viera o, peor aún, fuera consciente del significado de mis maniobras, me juzgaría loco y patético. Con razón. Pero no puedo evitarlo y repito los absurdos gestos una y otra vez, siempre cargado de temor y una esperanza que se diluye cada vez que reinicio el proceso o, simplemente, me dejo invadir por el pesimismo.

Con este temor se asocia la idea de que algún día mi secreto pudiera ser revelado si lo considero útil y necesario, como el pistolero que guarda una bala en la recámara de su arma por si necesita ese último disparo en una situación realmente desesperada. Puede tratarse de un disparo suicida, pero también de una posibilidad, remota y huidiza, de salvación. Puesto a engañarme y convencerme de estar haciendo lo que más me conviene aunque no sea lo más correcto, prefiero pensar que invierto en una mínima tabla de salvación en el caso de que todo se tuerza. Por torcerse, para mi vida descarrilada como la de todo el mundo desde hace meses, no entiendo otra circunstancia que la de la recaída. Que temo que sea progresiva por lo que me dedico a tratar de reconocer, si se producen, los signos que marquen el inicio del funesto cambio. Lo temo en la misma medida en que mi recuperación fue lenta, paulatina y no exenta de dolor emocional e interminables preocupaciones. Nada impide, pese a todo, que la recaída sea instantánea, que el mal tome posesión de mi mente en un suspiro, por más que la alteración física tardase más en producirse. Otra posibilidad es que ya no cambie hasta el día en que pierda la vida y fallezca como simple humano. Mi opción favorita es la tercera. Y deseo con todo mi corazón que sea la real: tras recuperar mi humanidad, física y mental, no vuelvo a transformarme en un horrible cascarón vacío. Ya que, tras mi incómodo despertar, no he vuelto a retroceder a la bestialidad más que en mis pesadillas, confío en que el estado actual sea definitivo y permanente, que nunca más me afecte esa muerte en vida que es la zombificación y que mi recuperación vaya acompañada de una inmunización completa e indefinida contra la ponzoña y sus consecuencias. Algún día moriré, lo sé. Podría morir devorado por los monstruos y hasta esa opción es preferible a volver al estado de catatonia asesina que aún se me presenta en sueños en la forma de vagos recuerdos e intensas experiencias horripilantes. Preferiría, no obstante, morir de viejo. O por cualquier accidente o enfermedad que acaben conmigo. Pero morir siendo humano. Convertirme en un trozo de carne inerte solo cuando me hayan abandonado el espíritu y la vida. Por desgracia, por más intenso que sea mi deseo y por más que la situación actual parezca estable, nunca podré tener la certeza de que el monstruo no anide aún en mi interior, agazapado y dispuesto a saltar y tomar posesión de mí en cualquier instante, ya sea por una reinfección, por un fallo de mis defensas naturales o por una mutación del patógeno. Por ello necesito un plan alternativo. Si se produce la odiosa transformación deseo que quienes me rodean estén sobre aviso y puedan actuar de algún modo, incluso terminando piadosamente con mi carcasa pseudoanimada.

Mis compañeros saben que tengo un cuaderno o un librito en el que tomo notas. Se trata de este mismo en el que estoy escribiendo. Suponen que es un diario. Yo no les he dicho nada al respecto, aunque les he oído hablar de mi supuesto diario y hasta alguno de los más cercanos me ha preguntado si aparece en él. No les he sacado de su error. Ni siquiera a Denís, por confianza, o Edith, por mi deseo de estrechar lazos. Sí que les he pedido que, si algo me ocurre, incluso si tan solo estoy a punto de morir o me he transformado en bestia, se hagan cargo de él y lo lean. Si muero, poco me importa ya que se hagan públicos mi secreto y mis mentiras. Vivo, puedo sentir vergüenza acerca de lo que piensen de mí, incluso del recuerdo que guarden de mi persona, adulterado ya para siempre por esta confesión escrita. Pero un muerto ya no siente vergüenza, ni emoción. Al menos sabrán, por si a alguien le sirve mi caso o mi experiencia. Quizá incluso en mi cadáver puedan encontrarse pistas y medios para una posible curación. Y si no muero del todo y tan solo se inicia o consuma mi transformación, quizá puedan ayudarme. Bien eliminando de una vez, con la piedad que se dedica a un animal herido o la ira del que odia a los zombis ladrones de cuerpos, la que he visto en muchos cuando ejecutan sus matanzas de monstruos, a la sabandija en que me haya transformado o bien aislándome para buscar ayuda médica, científica o del propio diablo para que estudien mi caso y quién sabe si devolverme parcial o completamente la humanidad, quizá también convertirme en cobaya o atracción de feria, no sé qué posibilidad me causa mayor pavor. «Mejor muerto», me digo, aunque siempre escucho también en mi cabeza la vocecita egoísta y cobarde que me insiste en que mejor vivo y recuperado de cualquier modo, convertido en despojos y ruina de mí mismo como en el tiempo de mi primer despertar, tullido y solo medio humano. Sea como sea, es mi deseo, y así lo he comunicado, que me asistan si algo grave me ocurre y que dispongan de mi libro, como homenaje y recuerdo que, ellos no lo saben y yo no confío demasiado en que suceda, tal vez podría incluir una última pizca de esperanza para mí y para todos esos monstruos a los que cada vez contemplo menos como hermanos de desdicha y más como recuerdos indeseables de lo que fui.

No descarto que, en este distanciamiento respecto de mi pasado y los recuerdos de los que reniego, acabe por participar de una de las cacerías de mis amigos. Igual que en mi sueño, la inquietante pesadilla zombicida. No ya como espectador o testigo de los crímenes sino como ejecutor excitado y alegre, como asesino de monstruos, de enemigos inhumanos, como piadoso eliminador de usurpadores, dando por cierto que la recuperación de tantos desdichados ya no es posible y aceptando que mi caso es una excepción, un milagro, si no un sueño urdido por mi mente confundida. ¿Cómo puedo estar seguro de que mis recuerdos son ciertos? ¿Fui zombi? ¿Empecé como híbrido repugnante mi recuperación? ¿No será mi imaginación trastornada la que ha creado esta fábula de mi retorno de entre los muertos? No es fácil engañarse. Ya me gustaría poder convencerme de que nunca dejé de ser humano, de que tampoco me convertí en criatura fronteriza. La cobardía, el miedo o el egoísmo no merecen justificarse con mentiras que no me puedo creer. Fui humano y me contagié de la ponzoña. Me convertí en monstruo y cometí crímenes, excesos, tropelías, orgías sin sentido de sangre y violencia de las que no conservo más recuerdo que las vívidas imágenes de mis sueños que aún hoy me hacen despertar gritando aterrado y empapado de sudor. Desperté vomitando carroña, consciente de nuevo de mi identidad y parcialmente de los hechos. Quedé como mezcla abominable. Una mente aproximadamente humana, cargada de miedos y esperanzas, en un cuerpo corrupto que, poco a poco, recuperó cierta lozanía y un aspecto innegablemente humano, indistinguible del de mis congéneres. En ese tiempo de lenta recuperación me persiguieron los humanos a los que nada hice y me rehuyó la joven a la que salvé mientras que los monstruos me respetaron, o más bien me ignoraron como suelen hacer con sus semejantes. En ese tiempo de terrores ideé hermosos sueños de salvación propia y universal. Pero bastó con hacerme plenamente humano para que mis taras, las propias de nuestra especie y que en mí se manifiestan acentuadas, se manifestaran de nuevo: egoísmo, insensibilidad hacia el dolor ajeno, huida de la responsabilidad, silenciamiento de mi propia conciencia, exacerbado instinto de conservación, deseo de aceptación entre mis congéneres, asunción de los valores del grupo que antes no compartía, búsqueda de mi propio placer, miedo, mucho miedo. Y así hasta hoy. Convencido de que callaré y fingiré para siempre, salvo que el mal se manifieste de nuevo en mí y no pueda disimularlo u ocultarlo. Entonces sí, si muero, cuando muera, estas notas serán leídas por alguien más, quizá se hagan públicas y notorias o tal vez pasen desapercibidas e ignoradas. En cualquier caso, mi confesión quedará expuesta al juicio y escrutinio de los pocos o muchos que la lean. Por el momento, no sé si añadiré muchas o pocas notas a estas páginas. Quizá haga correcciones. Más posiblemente, trate de olvidar el opúsculo al que he dedicado tanto tiempo. O quizá sí añada breves notas o comentarios. Incluso nuevos capítulos si hay algo que merezca ser reseñado. Ojalá no sea, pese a mis temores y el reconocimiento maniático de mi cuerpo, el anuncio de los signos del mal tomando posesión de nuevo de mi cuerpo. Quizá no añada una sola línea ni exhiba de nuevo este volumen ante nadie. Quizá los amigos y compañeros me pregunten si ya no sigo mi diario. O, si tan solo hay pausas entre la escritura, si ya no tomo notas cada día. Tal vez se encojan de hombros. La plaga nos ha afectado a todos la mente y el cuerpo de modos diferentes y uno tiende a ser tolerante con rarezas y manías ajenas. Quizá no lo sean tanto conmigo si descubren mi secreto.

No he repasado estas notas desde el momento en que comencé a escribirlas. Estoy seguro de que son incongruentes. En ellas se refleja mi transformación y no creo que se pueda justificar racionalmente, ni que sea fácil de entender. Se verá cómo he cambiado en este tiempo. Está claro que quien cierra ahora el cuaderno no es, ni por asomo, el mismo individuo que lo comenzó. Igual que ese ser apocado y aturdido no se parecía en nada al ejecutivo confiado en su futuro que perdió, de una tacada, vida, trabajo y esperanzas. No sé si ahora soy más optimista o lo soy menos que en el instante de mi despertar. Sospecho que estas notas no serán leídas o, si lo son, tendrán poca relevancia en el futuro. Quizá solo afecten a mis amigos del presente, a vosotros Denís, Edith o cualquier otro compañero. Poco importa. Igual que no creo que sea útil ni trascendente, de cara al futuro, que se analicen los despojos de mi cadáver cuando por fin entregue el último aliento. Ojalá me equivoque. En todo caso, mi cadáver mondado, o el esperpento zombi que me sucede en mis peores pesadillas, no se sentiría orgulloso ni satisfecho si los restos de mis tejidos y órganos proporcionaran una cura para la humanidad. Los cadáveres, definitivos o deambulantes, por definición no sienten.

Sea como sea, amigos, compañeros, tomaos esto como mi testamento vital o la simple confesión de mi secreto. La mínima punzada de conciencia aún me hace sustituir, mentalmente, la palabra secreto por crimen, como si se tratara de un pecado que ocultar. Veréis que, junto a vosotros, estuvo habitando un hombre que era a la vez monstruo. Un hombre normal, en cierto sentido, con luces, sombras y tenebrosas penumbras. Con defectos y vicios propios de un hombre. Quizá leéis esto y yazgo muerto ante vosotros. O morí hace una eternidad y quien me lee nunca supo de mí. La posibilidad más horrible es que el lector tenga ante sí el despojo zombi del hombre que una vez fui, contagiado de nuevo del mal o afectado de la recaída que tanto me atemoriza. Si este es el caso y no hay opción real de recuperarme, no te entretengas en juzgarme, sesudamente o a la ligera. Asumo que ya nunca he vuelto a ser un humano de pleno derecho, que mi corazón ha permanecido en cierto modo anestesiado, que ya no ha sido un corazón del todo humano.

Júzgame luego. Ahora hay algo más urgente que hacer. A este monstruo, a este zombi sin conciencia ni pecados conscientes, aniquílalo, quítalo de tu vista y aparta de mí el horror inenarrable de percibir la sangre a través de la niebla del embotamiento y la bestialidad. No sientas culpa, que yo no sentiré dolor ni el alivio que ahora quiero anticipar, pero me habrás liberado de la prisión que más me aterroriza, de aquella a la que yo, ex-humano y ex-zombi, nunca jamás estoy dispuesto a regresar. Si mis despojos sirven para sanar a alguien, serán bien aprovechados. Si no, al menos no causarán más daño, a mí menos que a nadie.

www.ingramcontent.com/pod-product-compliance
Lightning Source LLC
LaVergne TN
LVHW050602160826
845677LV00011B/2428

* 9 7 9 8 8 4 6 7 3 4 3 4 0 *